유학儒學에서
교육을 읽다

유학儒學에서
교육을 읽다

쓰러지는 쪽으로 손잡이를 틀고,
그리고 힘껏 발판을 밟아라

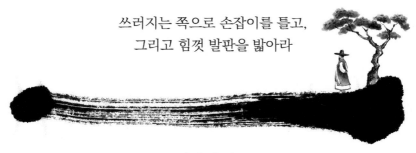

최창헌 지음

學古房

일러두기

머리글

   '나'는 어떤 학생과 선생이 될까? 이 질문에 사서(四書-대학, 논어, 맹자, 중용)가 대답을 했다. 그 대답의 내용을 쓴 것이 <유학(儒學)에서 교육을 읽다>이다. 필자가 공부 길에 들어선 이후, 거의 매일 습관처럼 사서를 읽었다. 사서를 반복해서 읽으면서 내 몸에 변화가 생기기 시작했다. 실존의 개인, 그리고 사람과의 관계에 대한 이해가 깊어지면서 자연스럽게 생긴 마음의 변화였다. 그것을 자신감이라고 표현해도 좋을 것이다. 대학원 시기에는 사서를 통해 공부의 본질에 대해서 생각을 하고, 지금은 사서가 선생의 길에 대한 길잡이 역할을 하고 있다.

   교육이란 무엇인가? 이 질문은 교육학의 보편적인 화두이면서, 마치 프리즘을 통과한 빛과도 같이 그 실행 방법은 교육학 논문만큼이나 다양하다. 요즈음 교육 현장의 분위기를 고려했을 때, 교수법이 교육의 본질이 되어가고 있다는 느낌을 받는다. 교수자(教授者)는 특강과 연수 등을 통해서 다양하고 난해한 교수법(教授法)을 익히고 있다. 물론 지식의 구조를 좋은 교수법을 사용해서 학습자에게 전달하는 것은 매우 중요하다. 그러나 교육의 본질보다는 형식에 너무 치우치는 것은 아닌가라는 의구심이 든다. 이제 교육의 원형(原型)에 대해서 다시 생각해 볼 필요가 있지 않을까? 교육의 원형을 가장 잘 담고 있는 곳은 어디일까? 필자는 그 중의 하나가 사서(四書)라고 생각한다.

사서(四書)는 어떤 성격의 책일까? 나라를 경영(經營)하기 위한 정치학, 교육을 위한 교육학, 수기(修己)를 위한 수양서? 아마도 이 모두를 포함하는 경전(經典)일 것이다. 필자는 사서를 교육과 개인 수양의 관점에서 에세이 형식으로 글을 썼다. 그러다 보니, 원전의 본래 뜻과는 다른 해석이 있을 수 있다. 이 잘못된 해석의 모든 책임은 필자가 감당해야 할 몫이다.

또한 이 책에서는 문헌학의 고증이나 여러 유학자가 주장한 사상의 옳고 그름을 가리지는 않았다. 예를 들면 맹자의 성선설(性善說)의 입장에서 서술하였고, 순자의 성악설(性惡說)은 언급하지 않았다. 그리고 주자의 선지후행(先知後行)을 따랐고, 왕양명의 지행합일(知行合一)은 언급하지 않았다. 이러한 집필 방향은 내용의 일관성을 유지하기 위한 것일 뿐만 아니라, 한 유학자의 사상이 절대성을 갖지 않는다는 필자의 인식 때문이다. 덧붙여 제16장은 <국어 교과에서 한문고전의 수록 변천과 교육적 함의>이다. 필자가 한국연구재단의 등재학술지인 《한국한문고전학회》에 실은 연구를 수정 보완한 것이다. 이 장(章)은 국어 교과에서 유학 사상의 수록 변화와 이유, 그리고 각 시기의 교육적 함의를 밝힌 글이다. 이 글의 의의는 국어 교과에서 유학 사상의 교육 양상이 처음으로 연구되었다는 점이다. 이 책의 집필 의도와 에세이라는 글의 형식에서 크게 벗어나지 않는다는 필자의 판단으로 한 장(章)을 구성하였다.

　지금까지 필자는 제도권 안·밖, 그리고 책에서 많은 스승들을 만났다. 서준섭 교수님은 박사 논문을 쓸 수 있도록 길을 열어 주셨고, 김풍기 교수님으로부터는 공부를 위한 몸을 만드는데 많은 영향을 받았다. 그리고 정태섭 교수님은 고등학교 3학년 담임 선생님이자 대학교에서 강의를 할 수 있는 길을 열어 주셨다. 한문은 최상익 교수님과 허남욱 교수님으로부터 배웠다.

　이 책의 운명(運命)이 궁금하다. 상지대학교 FIND칼리지 정연실 학장님과 한의학과 유준상 교수님으로부터 출판사 학고방을 소개받았다. 이 책이 좋은 출판사를 만나서 첫 단추를 잘 꿰어질 수 있도록 도움을 주신 것에 대해 감사 인사를 드린다. 그리고 책이 완성되기까지 많은 분들의 도움을 받았다. 처음부터 끝까지 꼼꼼하게 읽어준 윤현이 선생님, 그리고 김미정 선생님과 홍정원 장학사님, 이 분들은 동학(同學)이면서 읽기 모임의 도반(道伴)들이다. 또한 학고방 하운근 대표님과 조연순 팀장님을 비롯한 출판사 관계자들께도 감사 인사를 드린다.

　마지막으로 나의 사랑스런 아내 난연(蘭然) 김민정, 이 글의 첫 번째 독자이면서 거친 부분을 바로잡아 주었다. 한결같은 나의 든든한 공부 후견인이자 스승이기도 하다. 이 지면을 통해 "고맙다!"는 말을 전한다.

2023. 11.

춘천에서 주천(酒泉) 최창헌(崔昌憲)이 쓰다.

목 차

머리글 ··· 5

1. 학문을 하는 이유 ··· 11
2. 인(仁)의 이해 ·· 22
3. 인을 구하는 방법과 유지 ·· 29
4. 유학 속의 인물 유형(類型) ··· 33
5. 군자의 권도(權道) ··· 43
6. 스승과 제자 ··· 57
7. 공자의 수준별 교육 ·· 64
8. 일이관지(一以貫之)한 스승과 무지한 스승 ····························· 73
9. 스승의 가르침과 제자의 배움 ·· 82
10. 학습자의 공부 시기와 결실(結實) ·· 88
11. 문턱에 선 학습자에게 보내는 유학의 가르침 ························ 99
12. 위기지학(爲己之學)과 위인지학(爲人之學) ··························· 106

13. 언어를 알아야 사람을 알 수 있다. ································· 113

14. 인의(仁義)와 나의 삶 ·· 122

15. 배우고(學), 그것을 때때로 익히(習)면 기쁘지 않겠는가 ········ 132

16. 국어 교과에서 한문고전의 수록 변천과 교육적 함의 ············ 140

참고문헌 ·· 173

1. 학문을 하는 이유

싹이 났으나 꽃이 피지 못하는 것도 있고,
꽃은 피었으나 열매를 맺지 못하는 것도 있다.[1]

　장수 프로그램 중의 하나인 <나는 자연인이다>는 다양한 이유로
도시 속에서의 삶을 접고, 자연에서 살아가는 자연인(?)의 하루 일상
을 클로즈업하여 우리들에게 보여준다. 화면 속의 자연인은 스스로
먹거리를 생산하고, 거주하는 집도 대체로 외부의 도움 없이 혼자의
힘으로 지어서 각자 나름의 문화생활을 한다. 곧 <나는 자연인이다>
는 자연 친화적인 일상의 생활을 보여줌으로써, 어떤 사람에게는 힐
링(healing)을 또 다른 사람에게는 삶의 의미에 대해서 생각할 수
있는 기회를 제공하는 프로그램이다. 그런데 만약 그들이 배움이 전
혀 없는 상태에서 자연인이 되었다면 아마도 그들은 동물적인 삶을
영위할 수밖에 없었을 것이다. 결국 자연인 이전에 그들의 몸에 익힌
다양한 배움이 있었기 때문에, 자연 속에서라도 어느 정도의 문화적
인 삶이 가능했다고 볼 수 있다.
　인간이 태어나서 반드시 통과하는 과정 중에 하나가 바로 배움의

---

1) 『論語集註』, 〈子罕〉21. 子曰 苗而不秀者有矣夫 秀而不實者有矣夫

과정이다. 그것이 사회 속에 마련된 지식의 구조로서의 배움이든 형식적이지 않은 배움이든, 인간이라면 누구나 살아가면서 지식과 지혜를 습득하게 된다. 그러한 배움이 있었기 때문에 인간이 자연 속의 모든 생명체를 압도하는 존재가 되었다. 그런데 공자는 '싹이 났으나 꽃이 피지 못하는 것도 있고, 꽃은 피었으나 열매를 맺지 못하는 것도 있다.'라는 비유적인 말로, 개인에 따라서 배움의 도달 정도가 차이가 있음을 형상화하였다.

밥을 도모하는 학문

그렇다면 인간은 무엇 때문에 학문을 하는가? 우선 먹고 살기 위한 학문이 있다. 아마도 이것은 인간들의 삶 속에서 가장 절실한 문제와 직결될 것이다. 지금 우리나라 대학의 모습을 보면 쉽게 이해할 수 있다. 대학은 학문(전공) 탐구뿐만 아니라 존재의 문제, 삶의 문제 등에 대해서 깊이 들여다보고, 개인이 장차 살아 내야 할 미래를 설계하는 곳이다. 그런데 지금의 우리나라 대학에서는 모든 역량을 먹고 살기 위한 준비 활동에 쏟아붓고 있다. 이러한 대학의 모습이 거부감을 주지 않는 이유는 교육의 다섯 주체(교수, 학생, 교육부, 학교, 학부모)의 이해관계가 딱! 맞아떨어지는, 그 지점에 취업이 있기 때문이다. 그렇다고 이러한 대학의 모습이 잘못되었다라고 말하기 보다는 너무 한쪽으로 치우쳐 조화롭지 못한 점에 문제가 있다고 말하는 것이 옳은 표현일 것이다. 공자도 삼년을 배우고서 녹봉에 뜻을 두고 있지 않는 학생을 찾기 어렵다고 할 정도로, 옛날이나 지금이나 우리의 삶에서 먹고 사는 문제를 해결하는 것이 가장 중요한 관심사였다.

> **자장:** 녹(祿)을 구하는 방법을 가르쳐 주십시오.
> **공자:** 많이 듣고서 의심나는 것을 제쳐놓고, 그 나머지를 조심히 말하면 허물이 적을 것이다. 많이 보고서 위태로운 것을 제쳐놓고, 그 나머지를 조심히 행하면 후회하는 일이 적을 것이다. 말에 허물이 적고 행실에 후회할 일이 적으면 녹이 그 가운데에 있다.

『論語集註』, 〈爲政〉18. 子張學干祿 子曰 多聞闕疑 愼言其餘則寡尤 多見闕殆 愼行其餘則寡悔 言寡尤 行寡悔 祿在其中矣

자장(子張)은 자(字, 남자가 성인이 되었을 때 붙이는 이름)이고, 성은 전손(顓孫)이요 이름은 사(師)이다. 진(陳)나라 사람으로 공자보다 마흔여덟 살이 적었다. 녹(祿)은 벼슬하는 자의 녹봉(祿俸, 봉급)이다. 녹봉을 구하는 방법을 배우려는 자장의 모습에서, 현대의 우리 대학생들의 모습이 겹쳐진다. 공자는 녹봉을 구하는 방법으로, 많이 듣고 많이 봐서 배움을 넓고 깊게 할 것을 요구한다. 그리고 말과 행동에 의심나고 위태로운 것을 제쳐놓음은 나를 지키는 방편이 된다. '세 치 혀가 사람 잡는다.'라는 말이 있듯이, 모든 재앙은 나의 언행에서 비롯되지 않겠는가? 결국 공자의 녹봉을 얻는 방법은 배움과 언행을 삼가는 것으로, 자기 수신(修身)을 열심히 하다보면 그 가운데에 녹봉이 있다는 말이다. 현대의 대학생들에게 공자가 제안한 방법으로 취업을 위한 교육을 한하면 어떻게 될까? 아마도 실력 없는 혹은 인기 없는 선생이 되기가 십중팔구이리라!

왜 나는 조그마한 일에만 분개하는가
저 왕궁 대신에 왕궁의 음탕 대신에
50원짜리 갈비가 기름덩어리만 나왔다고 분개하고
옹졸하게 분개하고 설렁탕집 돼지 같은 주인년한테 욕을 하고
옹졸하게 욕을 하고

시인 김수영의 <어느 날 고궁을 나오면서>[2])의 처음 부분이다. 시

---

2) 김수영, 『김수영 전집1-시』, 민음사, 2008, 313-315쪽.
   <어느 날 고궁을 나오면서>
   왜 나는 조그마한 일에만 분개하는가
   저 왕궁 대신에 왕궁의 음탕 대신에
   50원짜리 갈비가 기름덩어리만 나왔다고 분개하고
   옹종하게 분개하고 설렁탕집 돼지 같은 주인년한테 욕을 하고
   옹졸하게 욕을 하고

   한번 정정당당하게
   붙잡혀간 소설가를 위해서
   언론의 자유를 요구하고 월남파병에 반대하는
   자유를 이행하지 못하고
   30원을 받으러 세 번씩 네 번씩
   찾아오는 야경꾼들만 증오하고 있는가

   옹졸한 나의 전통은 유구하고 이제 내 앞에 정서(情緖)로
   가로놓여있다
   이를테면 이런 일이 있었다
   부산에 포로수용소의 제14야전병원에 있을 때
   정보원이 너스들과 스펀지를 만들고 거즈를
   개키고 있는 나를 보고 포로경찰이 되지 않는다고
   남자가 뭐 이런 일을 하고 있느냐고 놀린 일이 있었다
   너스들 앞에서

적화자는 살코기보다 기름덩어리가 더 많이 붙은 갈비를 보고, 설렁탕집 주인에게 분개하여 성을 낸다. 그는 대의(大義)를 보지 못하고, 아주 사소한 일에 분개심이 노출되는 자신의 옹졸함을 보고 있다. 누구나 시적화자와 같은 경험을 한 번쯤은 겪어 본 적이 있지 않을까? 주문한 국밥 뚝배기 속의 고기 덩어리가 평소보다 적어서 숟가락질이 거칠어지는 '나'의 모습을 말이다.

지금도 내가 반항하고 있는 것은 이 스펀지 만들기와
거즈 접고 있는 일과 조금도 다름없다
개의 울음소리를 듣고 그 비명에 지고
머리에 피도 안 마른 애놈의 투정에 진다
떨어지는 은행나무잎도 내가 밟고 가는 가시밭

아무래도 나는 비켜서 있다 절정 위에는 서 있지
않고 암만해도 조금쯤 옆으로 비켜서 있다
그리고 조금쯤 옆에 서 있는 것이 조금쯤
비겁한 것이라고 알고 있다!

그러니까 이렇게 옹졸하게 반항한다
이발장이에게
땅주인에게는 못하고 이발장이에게
구청 직원에게는 못하고 동회 직원에게도 못하고
야경꾼들에게 20원 때문에 10원 때문에 1원 때문에
우습지 않느냐 1원 때문에

모래야 나는 얼마큼 작으냐
바람아 먼지야 풀아 나는 얼마큼 작으냐
정말 얼마큼 작으냐……

공자: 군자는 도(道)를 도모하고 밥을 도모하지 않는다. 밭을 갊에 굶주림이 그 가운데에 있고 학문을 함에 녹(祿)이 그 가운데에 있다. (그러므로) 군자는 도를 걱정하고 가난을 걱정하지 않는다.

『論語集註』, <衛靈公>31. 子曰 君子謀道不謀食 耕也 餒在其中矣 學也 祿在其中矣 君子憂道不憂貧

밥(食)과 도(道), 군자가 도를 실천하려는 뜻이 장차 밥을 구하려고 하는 것인가? 밭을 가는 것은 밥을 얻기 위한 노력이다, 그러나 밭을 일군다고 해서, 반드시 그곳에서 밥을 얻는다는 보장은 없다. 학문은 도를 체득(體得)하기 위한 것으로써, 그 가운데에 자연히 밥이 있게 된다. 결국 군자는 학문에 뜻을 두고 정진함에 도를 얻지 못함을 걱정할 뿐이지, 학문을 하여 밥을 얻어서 가난의 걱정에서 벗어나려는 것은 아니다.

명예를 추구하는 학문

둘째로, 명예를 추구하는 학문이 있다. 명예란 세상에서 훌륭하다고 인정되어 얻게 되는 존엄이나 품위이다. 이러한 명예 역시 학문의 길에서 떼려야 뗄 수 없는 막역한 관계이다. 명예를 추구하는 학문, 그 자체에 무슨 문제가 있겠는가? 오히려 명예를 얻기 위한 욕망이 개인의 공부를 성장시키거나 과학을 한 단계 더 발전시키는 원동력이 될 수도 있다. 공자도 '부모에게 물려받은 몸을 소중히 여겨 다치지 않는 것이 효의 시작이며, 출세해서 바른 도를 실행하여 후세에

이름을 드날려 부모를 드러내는 것이 효의 마침'3)이라고 하지 않았
던가.

> **자장:** 선비가 어떻게 해야 달(達)했다고 말할 수 있습니까?
> **공자:** 네가 말하는 달이란 무엇이냐?
> **자장:** 나라에서도 반드시 소문이 나고, 집안에서도 반드시 소문이
> 나는 것입니다.
> **공자:** 그것은 소문이지 달이 아니다. 달(達)이란 질박하고 정직하
> 고 의를 좋아하며, 남의 말을 살피고 얼굴빛을 관찰하며,
> 생각해서 몸을 낮추는 것이다. (그러면) 나라에서도 반드시
> 달하고 집안에서도 반드시 달하게 된다. 무릇 문(聞)이란
> 얼굴빛은 인을 취하나 행실은 그것에 위배되고, 그 곳(소문)
> 에 머물면서 의심하지 않는 것이다. (그러면) 나라에서도
> 반드시 소문이 나고, 집안에서도 반드시 소문이 나게 된다.

『論語集註』, 〈顔淵〉20. 子張問 士何如斯可謂之達矣 子曰 何哉
爾所謂達者 子張對曰 在邦必聞 在家必聞 子曰 是聞也 非達也
夫達也者 質直而好義 察言而觀色 慮以下人 在邦必達 在家必達
夫聞也者 色取仁而行違 居之不疑 在邦必聞 在家必聞

명예에 대한 공자의 생각을 만나기 위해 자장과 공자의 대화 속으
로 들어가 보자. 자장이 스승 공자에게 "공부하는 선비가 도에 통달

---

3) 『孝經』, 〈開宗明義章〉, 身體髮膚 受之父母 不敢毀傷 孝之始也 立身行
道 揚名於後世 以顯父母 孝之終也 [사람의 몸과 머리카락과 피부는
모두 부모님으로부터 받은 것이다. 그것을 감히 훼상하지 아니 하는
것이 효의 시작이다. 출세해서 바른 도를 실행하여 후세에 이름을 드날
려 부모님을 드러내는 것이 효의 마침이다.]

(通達)했다는 것을 어떻게 알 수 있습니까?"라고 묻는다. 공자는 자장이 평소 외면에만 힘쓴다는 것을 알고, 달(達)의 의미에 대해서 다시 묻는다. 자장은 달의 의미를 나라와 집안에서 반드시 소문(聞)이 나는 것(명예)이라고 대답한다. 이에 공자는 달(達)과 문(聞)의 차이를 설명하여, 제자의 어그러진 견해를 바로잡는다.

공자가 말하는 달(達)이란 꾸밈없이 정직하며, 의를 좋아하며, 남의 말과 얼굴빛을 살피며, 생각해서 다른 사람보다 몸을 낮추는 것이다. 참된 달은 사리에 통달함에 힘쓰고, 남이 알아주기를 바라지 않는다. 반면에 문(聞)이란 얼굴빛으로는 온 세상의 인자함과 자비와 사랑을 모두 품을 듯이 겉모양을 취하나, 그의 행실은 그 얼굴빛에 위배되는 것이다. 이것은 스스로 자신의 생각만이 옳다고 여겨서 꺼리고 두려워하는 마음이 없기 때문이다.

공자의 달(達)과 자장의 문(聞)은 모두 집안이나 나라에서 소문이 난다는 점에서는 같다. 그러나 질적인 차이가 있다. '문(聞)'은 이름만 드러내려는 헛된 명예를 좇는 것이고, '달(達)'은 극기복례(克己復禮)에 뜻을 두고서 인(仁)을 온전히 보존하는 수양 과정에서 자연스럽게 드러나는 명예를 말한다. 결국 명예 역시 녹봉을 구하는 방법과 마찬가지로 수양 과정에서 얻게 된다.

수양을 위한 학문

셋째로, 개인의 몸과 마음을 수양하는 학문이다. 불교의 참선은 외부와의 관계를 끊고 직관(直觀)을 통해서 깨달음의 경지에 도달하는 수행 방법이다. 그러나 유학은 일상생활의 인간관계 속에서 수기

(修己)를 통해 다른 사람으로 이어지는 수기치인(修己治人)의 학문으로, 치인보다는 수기를 더 강조한다.

그렇다면 유학에서 개인이 수신(修身)을 위해 본보기로 삼아야 하는 것은 무엇일까? 『논어』 <학이(學而)>편의 첫 머리에 '배우고 그것을 때때로 익히면 기쁘지 않겠는가.'라는 말이 배치됨으로써, 공자가 학문의 중요성을 강조하고 있다는 것을 알 수 있다. 여기서 배운다(學)는 말은 본받는다는 뜻이다. 무엇을? 바로 먼저 깨달은 성현(聖賢)들의 가르침이다. 따라서 개인의 수신은 먼저 깨달은 성현들의 가르침을 본보기로 삼아서, 그것을 때때로 익히는(時習) 것이다. 성현들의 가르침을 습득하는 과정에서 새로운 앎을 깨닫는 기쁨을 발견하게 된다. '옛것을 익혀서 새것을 안다.(溫故知新)'는 말도 같은 맥락으로 이해될 수 있다.

> 자로(子路)가 자고(子羔)를 비(費) 땅의 읍재(邑宰)로 삼았다.
> **공자:** 남의 자식을 해치는구나.
> **자로:** 백성이 있고 사직(社稷)이 있으니, 반드시 책을 읽은 다음에야 배우게 되는 것이겠습니까?
> **공자:** 이 때문에 무릇 말재주 있는 자를 미워하는 것이다.

『論語集註』, 〈先進〉24. 子路使子羔爲費宰 子曰 賊夫人之子 子路曰 有民人焉 有社稷焉 何必讀書然後 爲學 子曰 是故惡夫佞者

자로(子路)는 자(字)이고, 성은 중(仲)이요 이름은 유(由)이다. 그는 노(魯)나라 변(卞)지역 사람으로, 공자보다 아홉 살 적었다. 자로는 성격이 거칠고 용맹하며 뜻이 강하고 곧았다. 수탉의 깃으로 만든 관을 쓰고 수퇘지의 가죽으로 주머니를 만들어 허리에 차고 다녔다.

그리고 자고(子羔)는 고시(高柴)의 자(字)이다. 공자보다 서른 살 아래이다. 공자에게 가르침을 받을 때, 공자는 그를 어리석고 강직한 사람이라고 생각하였다. 공자와 자로의 대화 상황은 자로가 계씨(季氏)의 가신(家臣)이 되어 자고를 비(費) 땅의 읍재로 등용하였다.

이에 공자는 아직 학문이 충분하지 못한 자고에게 갑자기 백성을 다스리는 임무를 맡기는 것은 남의 자식을 해치게 되는 일이라서 탄식을 한다. 스승의 탄식을 들은 자로는 실제 정사(政事)를 통해서 학문을 할 수 있음을 주장한다. 그러니 반드시 학문을 익힌 후에 정사를 할 필요가 있겠냐고 공자에게 반문한다. 그러나 공자의 가르침은 정사의 내용이 이미 책에 갖추어져 있으니, 책을 읽어서 수신한 뒤에 실행할 수 있다는 것이다. 선지후행(先知後行), 먼저 사리(事理)를 완전히 알아야만 비로소 실행할 수 있다. 다시 말해서, 그 이치를 알지 못하면 함부로 행동하게 된다(부지이작, 不知而作). 자로가 아직 학문이 충분하지 못한 자고로 하여금 실제 정사를 통해서 배우게 하려는 것은 선후(先後)가 뒤바뀐 것이다. 그러므로 공자가 자로의 그럴듯한 말재주를 미워한 것이다.

> **맹자:** 구하면 그것을 얻고 버리면 그것을 잃는데, 이 구함은 얻음에 유익함이 있다. (왜냐하면) 자신에게 있는 것을 구하기 때문이다. 구함에 올바른 도(道)가 있고 얻음에 명(命)이 있으니, 이 구함은 유익함이 없다. (왜냐하면) 자신의 밖에 있는 것을 구하기 때문이다.

> 『孟子集註』, 〈盡心章句 上〉3. 孟子曰 求則得之 舍則失之 是求有益於得也 求在我者也 求之有道 得之有命 是求無益於得也 求在

外者也

수양은 자신에게 있는 것을 기르는 것이지, 밖에서 찾는 것이 아니다. 자신에게 있다는 것은 우리의 본성에 있는 인의예지(仁義禮智) 등을 말한다. 이것은 이미 자기 자신에게 내재해 있으므로 구하면 얻을 수 있고, 유익함이 있다.

그러나 우리가 진실로 구하고 얻으려고 소망하지만 결국 얻지 못하는 것이 있다. 왜냐하면 도(道)와 명(命)이 있기 때문이다. 우리에게는 정당한 방법으로 얻거나 헛된 것을 구해서는 안 될 도(道)가 있다. 또한 누구나 부귀영화(富貴榮華)를 바라지만 그것을 얻으려고 아무리 안달복달한다고 해서 얻어지는 것도 아니다. 많은 재물과 높은 지위는 자신의 밖에 있는 것으로 명(命)에 의해서 좌우되기 때문이다.

우리는 '무엇을 위해서 학문을 하는가?'라는 본질적인 질문을 던져야 한다. 앞에서 살펴봤듯이, 수양을 위한 학문 과정 속에 밥(재물)과 명예가 있다는 것을 이해해야 한다. 오로지 밥을 도모하는 학문과 명예를 추구하는 학문만을 한다면, 정말로 우리가 원하는 만큼 그것을 얻을 수는 있을까? 인간의 욕망은 끝이 없기에, 결코 그가 원하는 만큼 얻을 수는 없을 것이다. 그러면 우리는 만족할 줄 알아야 하고, 적당할 때에 그칠 줄 알아야 한다. 만족함과 그침을 아는 것! 그 또한 자기 수양을 통해 도달되는 하나의 경지(境地)가 아니겠는가.

2. 인(仁)의 이해

도(道)에 뜻을 두고 덕(德)에 머물고
인(仁)에 의거하고 예(藝)에서 노닌다.[1]

　　지금의 한국 사회는 서양 사상에 크게 의존하고 있다. 그럼에도
우리 문화권에서 성장과정을 통과한 사람이라면 누구나 유학사상에
익숙하게 된다. 그러한 이유는 알게 모르게 비유전적 문화요소라고
일컫는 밈(meme)으로, 세대에서 다음 세대로 유학사상이 문화 속에
복제되어 전승되고 있기 때문이다. 일반적으로 전통적 습속과 결합
된 민중의 집합적 심성은 변하기 어려운 속성을 가지고 있다. 우리의
문화 속에 녹아있는 유학 사상은 개인이 생각지도 못하고 알지도
못하는 사이에 정신과 몸에 체득되어 전달된다. 그 중에 가장 핵심적
인 사상이 바로 인(仁)이다. 유학사상은 '오래된 미래'의 모습으로,
또한 어느 지점에서는 한계에 도달한 서양 사상의 대안으로도 생각
해볼 수 있을 것이다.

　　공자는 인(仁)을 구현한 성인으로 추존될 뿐만 아니라, 그의 인은
오랜 세월동안 가르침의 핵심 사상으로 여러 대를 이어서 계승되었

---

1) 『論語集註』, 〈述而〉6. 子曰 志於道 據於德 依於仁 遊於藝

다. 그런데 공자의 가르침을 엮은 논어(論語)를 끝까지 읽어도 인의 개념이 선명하게 잡히지 않는다. 그 원인은 공자가 제자들의 수준과 상황에 맞는 다양한 말로 인을 설명하고, 또한 시대와 사상가에 따라서 인에 대한 설명이 변화되었기 때문이다. 그러면 인(仁)이란 무엇인가? 이 질문에 답하기 위해선 '잡으면 보존되고 놓으면 잃어버리는'[2] 마음을 관조(觀照)해야 한다.

공자는 우리에게 인에 의지해야함을 설파한다. 그 인은 우리 마음에 사욕이 전혀 없는 상태로써 심덕(心德)이 온전한 것을 말한다. 그렇다면 심덕이란 무엇인가? 덕은 도(道)를 행하여 마음에 얻는 것을 말한다. 우리 문화에서 도의 의미는 넓고도 깊다. 뿐만 아니라 다양한 영역에서 도라는 단어를 사용하고 있다. 예를 들면, 노자의 『도덕경』 첫 머리에 '도를 도라고 말할 수 있는 것은 도가 아니다.'라고 말함으로써, 도를 형이상학적인 영역으로 옮겨 놓았다. 결국 『도덕경(道德經)』의 도는 우주만물의 생성과 모든 존재의 근원이라고 말할 수 있다. 또한 개신교에서의 도는 복음을 전하는 사람인 전도사(傳道師)의 용례에서 볼 수 있듯이, 하나님의 말씀을 뜻한다.

『중용(中庸)』에서는 '도(道)는 길(路)과 같다. 사람과 물건이 각기 그 성(性)의 자연(自然)을 따르면서, 일상생활 속에서 각기 마땅히 행해야 할 길'로 정의되어 있다. 이러한 도(道)는 한 가지 리(理)로, 만 가지 일을 꿰뚫고 있다.(일이관지, 一以貫之) 결국 덕이란 인간으로서 마땅히 행해야 할 것을 실행하면서 마음에 얻어지는 것을 말한다. 그렇다면 마땅히 실행해야 할 것은 무엇을 말하는 것일까? 공자

---

2) 『孟子集註』, 〈告子章句 上〉8. 孔子曰 操則存 舍則亡

는 성정(性情)에 알맞게 행하는 육예(六藝)를 제시한다. 여기서 예(藝)는 예(禮, 예법)·악(樂, 음악)·사(射, 활쏘기)·어(御, 말타기)·서(書, 붓글씨)·수(數, 수학)의 법(法)을 말한다.

정리하면 '도에 뜻을 두고, 덕을 굳게 지키며, 인에 의지한다.'는 것은 우리의 마음속의 작용이고, 예(藝)는 우리 몸에서 발현되는 작용이다. 발현되거나 드러난다는 말은 현실에서의 구체적인 활동을 의미한다.

앞의 공자의 말을 되짚어 보면, 내부의 마음과 외부의 몸을 분리해서 사유하고 있음을 알 수 있다. 다시 말해서 사심이 없는 상태 혹은 미발(未發, 아직 일어나지 않음)된 상태로써의 인은 마음의 본체요, 인간의 질서로써 근본 원리인 것이다. 그러하기 때문에 인은 선험적, 내재적, 천부적인 성격을 띠고 있다. 내부에 존재하는 인은 외부의 작용에 의해 정(情)으로 발현된다. 우리가 흔히 말하는 희(喜)·노(怒)·애(哀)·구(懼)·애(愛)·오(惡)·욕(浴)이 여기에 해당된다. 사실 온갖 종류의 충동과 본능적인 욕구는 우리들 안에서 생겨나 밖을 향해 사람을 거칠게 휘몰아 간다.

그런데 우리의 삶이 모든 이해관계를 떠나서 살 수 없는 현존재로서, 사욕(私慾)이 전혀 없는(미발된) 상태라는 것이 가능은 한 걸까? 설령 그것이 가능하다고 하더라도, 사욕이 전혀 없는 상태를 어떻게 감지할 수 있을까? 이 지점을 이해하기 위해서, 맹자가 설명한 인을 살펴보자. 맹자는 우리 주변에 있을 만한 상황으로 인의 존재를 설명한다.

맹자: 지금 사람들이 갑자기 어린아이가 장차 우물 속으로 들어가

려는 것을 보고는 모두 깜짝 놀라고 측은해 하는 마음을
가지니, 이것은 어린아이의 부모와 교분을 맺으려고 해서도
아니며, 마을 사람들과 친구들에게 칭찬을 들으려 하는 것
도 아니며, 나쁜 소문을 싫어해서 그러한 것도 아니다.

『孟子集註』,〈公孫丑章句 上〉6. 今人乍見孺子將入於井 皆有怵
惕惻隱之心 非所以內(納)交於孺子之父母也 非所以要譽於鄉黨
朋友也 非惡其聲而然也

만약 누군가 어린아이가 우물 속으로 막 들어가려는 그 순간을
보았을 때!, 깜짝 놀라고 측은해 하는 마음(惻隱之心)이 바로 진심
(眞心)이다. 이것은 천리(天理)의 자연스러움으로, 생각하여 얻는 것
도 아니며 힘써서 이루어지는 것도 아니다. 반면에 어린아이의 부모
와 친분을 맺기 위해서, 마을 사람들과 친구들에게 칭찬을 듣기 위해
서, 잔인하다는 나쁜 소문을 듣고 싶지 않아서, 어린아이를 구해주는
것은 인간의 욕심으로써 사(私)에 해당된다.

인간이라면 누구나 가엾고 불쌍하게 여기는 마음이 있는데, 그것
이 바로 정(情)이다. 우리의 마음은 성(性)과 정(情)으로 이루어졌는
데, 측은지심(惻隱之心)은 인을 볼 수 있는 실마리가 된다. 마치 본연
(本然)의 성(性)이 가운데 있으면서 정(情)으로 나타나는 모양이다.
인간의 이러한 행동을 실마리 삼아서 인의 존재를 알 수 있다.

안연: 인이 무엇입니까?
공자: 자기의 사욕을 이겨 예에 돌아감이 인을 하는 것(克己復禮
爲仁)이니, 하루라도 사욕을 이겨 예에 돌아가면 천하가 인
으로 돌아간다. 인을 실천하는 것은 자신에게 달린 것이지,

남에게 달려 있겠는가?

안연: 그 조목(條目)은 무엇입니까?

공자: 예가 아니면 보지 말며(非禮勿視), 예가 아니면 듣지 말며
(非禮勿聽), 예가 아니면 말하지 말며(非禮勿言), 예가 아니
면 행동으로 옮기지 말아야(非禮勿動) 한다.

안연: 제가 비록 불민하지만, 이 말씀을 실천하겠습니다.

『論語集註』, 〈顔淵〉1. 顔淵問仁 子曰 克己復禮爲仁 一日克己復
禮 天下歸仁焉 爲仁由己 而由人乎哉 顔淵曰 請問其目 子曰 非
禮勿視 非禮勿聽 非禮勿言 非禮勿動 顔淵曰 回雖不敏 請事斯語
矣

위의 내용은 『논어』 〈안연〉편의 첫 장이다. 안연과 공자의 문답(問
答)한 내용을 통해, 인에 대해서 좀 더 알아보자. 안연(顔淵)은 그의
자(字)인 자연(子淵)을 딴 것이고, 그의 이름은 회(回)이다. 그는 노
(魯)나라 사람으로 공자보다 서른 살이 적었다. 안연은 학덕이 높고
재질이 뛰어나서, 공자가 가장 총애했던 수제자였다.

"인(仁)이 무엇입니까?"라는 안연의 물음에, 공자는 자기의 사욕
을 이겨 예(禮)로 돌아가는 것이 인이라고 답한다. 기(己)는 1인칭
'나(자기)'로 해석되는데, 현실의 나는 수많은 사욕들에 무방비 상태
이고, 또한 그것들에 얽매일 수 있는 존재이다. 이러한 나를 이기(克)
는 것이 극기(克己)이다.

그렇다면 무슨 방법으로 마음에서 일어나는 많은 사욕들을 극기할
것인가? 공자가 제시한 방법은 바로 예를 통한 수행이다. 수행이란
몸에 바탕을 두면서 마음(心)의 내적 영역을 봄(觀)으로써, 그 심층에
서 일어나는 사욕을 이기려는 노력이다. 그럼 예(禮)란 무엇인가?

예는 공경과 사양을 근본으로 삼고, 절제와 정도의 상세함에서 일의 순서를 얻게 된다. 바로 예에서 마음이 사물에 흔들리거나 빼앗김을 당하지 않아서 사욕이 없는 상태가 된다. 그리하면 인간의 마음에 덕을 온전하게 할 수 있다. 이것을 인이라고 한다. 인은 인간의 본바탕으로 사욕이 없는(미발된) 상태이다.

그 인을 온전하게 잘 보호하고 간수하기 위해서, 우리는 무엇을 실행해야 할까? 안연은 계속해서 그 예의 구체적인 조목에 대해서 묻는다. 공자는 보고(視), 듣고(聽), 말하고(言), 행동(動)하는 일상의 삶 속에서 예로 실행할 것을 가르친다. 이 네 가지는 몸의 용(用)이다. 현실에서의 구체적인 예(禮)의 체(體)는 경(敬)이고, 용(用)은 화(和)이다. 이 말은 예는 경에서 확립되고, 그 실행은 조화를 귀하게 여긴다는 것이다. 경(敬)이란 하나를 주장하여 다른 데로 나감이 없는 것을 말한다. 어원사전에 따르면 '경'이란 글자는 몸을 힘주어 잡아매는 모습을 표현하고 있다고 한다. 즉 공손한 태도를 갖추거나 자세를 바르게 한다는 뜻을 가지고 있다. 예(禮)가 한쪽으로 치우치면 넌더리가 나고 따분해 진다. 따라서 예는 마음이 흐트러지지 않게 정신을 집중하여 조화로움에 닿아야 한다.

그렇다면 우리의 몸과 마음은 단절되어서 존재하는 것일까? 그럴리가 없다. 몸과 마음으로 구분하는 것은 분석적이고 관념적인 접근이다. 안연과 공자의 대화에서 살펴보았듯이, 사욕이 없는 상태는 예에 의해서 온전히 보호되고 지켜질 수 있다. 심중(心中)으로 말미암아 밖에 응하니, 밖의 제재(制裁, 절제하거나 금지, 혹은 제한)함은 그 심중을 기르는 것이다. 이것은 인이 외부의 상황(조건)에 따라 만들어지고 규정된다는 점에서 외부의 내부화라고 말할 수 있다. 또한 맹자의 측은지심(惻隱之心)에서 보듯이, 외부의 흔적을 실마리 삼아서 내부의 인을 사유할 수 있다.

결국 마음 밖에 인이 따로 없고, 인 밖에 몸이 따로 존재할 수 없다. 이것은 현실에서 감각될 수 없는 혹은 절대 순수의 본바탕인 인을 드러내기 위해서, 외부란 개념을 내부와의 단절이 아니라 연속되는 흐름으로 연결('마음-몸')되어 있다는 것을 표시하기 위한 하나의 방편(方便)으로 사용된 것이다.

3. 인(仁)을 구하는 방법과 유지

자신을 바르게 할 수 없다면
어떻게 남을 바르게 할 수 있겠는가.[1]

　유학에서 수신은 남에게 내세우거나 뽐내기 위한 것이 아니다. 자기 자신을 수양하기 위한 위기지학(爲己之學)의 학문이다. 곧 자신을 바르게 할 수 있어야 남도 바르게 할 수 있다는 말이다. 또한 공자는 그 이치를 알지 못하면서 함부로 행동하는 것(부지이작, 不知而作)을 걱정한다. '그림 그리는 일은 흰 비단을 마련하는 것보다 뒤에 하는 것이다.(회사후소, 繪事後素)'라는 말도 같은 맥락으로 읽을 수 있다. 이것은 먼저 사람의 바탕이 마련된 뒤에야 꾸밈을 가할 수 있음을 비유적으로 말한 것이다.

> **자공:** 만일 백성에게 널리 은혜를 베풀어 많은 사람을 구제한다면 어떻겠습니까? 인(仁)하다고 말할 수 있습니까?
>
> **공자:** 어찌 인하다고 하는 것에 그치겠는가? 반드시 성인일 것이다. 요순(堯舜)도 그렇게 하는 것이 어려워 근심하셨을 것이다.

---

1) 『論語集註』, 〈子路〉13. 不能正其身 如正人何

인자(仁者)는 자신이 서고자 함에 남도 서게 하며, 자신이 통달하고자 함에 남도 통달하게 한다. 가까운 데에서 취해 비유할 수 있다면 인을 실천하는 방법이라고 말할 수 있다.

『論語集註』, 〈雍也〉28. 子貢曰 如有博施於民而能濟衆 何如 可謂仁乎 子曰 何事於仁 必也聖乎 堯舜其猶病諸 夫仁者 己欲立而立人 己欲達而達人 能近取譬 可謂仁之方也已

자공(子貢)은 자(字)이고, 성은 단목(端木)이요 이름은 사(賜)이다. 그는 위(衛)나라 사람으로 공자보다 서른한 살 적었다. 자공은 말재주가 뛰어났지만 공자는 늘 이 점을 꾸짖어 경계시켰다. 자공이 "어려운 사람을 많이 구제하는 것이 인이 될 수 있습니까?"라고 묻는다. 이에 공자는 인에 그치지 않고, 오히려 요순(堯舜)의 성인도 그것을 부족하게 여겨 근심했을 것이라고 대답한다.

정명도(程明道)는 의서(醫書)에서 손발이 마비된 것을 불인(不仁)이라고 하는데, 이 말이 인(仁)을 가장 잘 형용한 것으로 보았다. 인(仁)은 추상적 개념이라서 지극히 말하기 어려운데, 의서에서 불인(不仁)은 기(氣)가 통하지 않아 손발이 마비되는 증상으로 쉽게 설명했다. 결국 인(仁)은 막힘이 없이 통하는 것으로, 자기로부터 남에게 영향을 끼치는 것이다.

자공은 인에 뜻을 두었으나 너무 높고 먼 것만을 생각하여, 그 구체적인 실천의 방법을 묻지 않았다. 그리하여 공자는 인을 구하는 방법으로 자신에게서 가까운 것을 먼저 실행할 것을 자공에게 말한 것이다.

공자: 인이 멀리 있는가? 내가 인을 하고자 하면 당장에 인에 이른다.

『論語集註』, 〈述而〉29. 子曰 仁遠乎哉 我欲仁 斯仁至矣

　그럼에도 인을 구하는 방법이 자신에게서 가까운 것을 취하고, 내가 하고자 하면 단박에 인에 도달할 수 있다는 말이 쉽게 이해되지 않는다. 공자는 인을 '사람을 사랑하는 것이다.'라고 말한다. 사랑함은 다른 사람에게 베풂이다. 예를 들면, 일상생활에서 자신이 하고 싶지 않은 것을 남에게 베풀지 않는 것(기소불욕 물시어인, 己所不欲 勿施於人), 이것이 바로 공자가 말하는 사랑이면서 인이라고 말할 수 있다.

　그런데 설령 인에 도달했다고 하더라도, 나에게 인의 상태가 오래 지속되지 않는다는 데에 문제가 있다. 우리의 마음은 감각을 통해 인식되는 외부상황을 매 순간 분석하고 판단하면서 반응한다. 이 과정에서 인이 사욕에 가려지게 된다. 공자가 안회는 3개월 동안 마음에서 인이 떠나지 않고, 그 나머지 사람들은 하루나 한 달에 한 번 인에 이를 뿐이라고 하지 않았던가!

　그러면 어떻게 해야 할까? 공자는 무의(毋意)·무필(毋必)·무고(毋固)·무아(毋我)[2]로써, 마음에 인을 유지하고 보존할 수 있다고 말한다. 여기서 무의는 사사로운 뜻이 없음을, 무필은 꼭 이루어지기를 기약(기필)함이 없음을, 무고는 완고하거나 집착함이 없음을, 무아는 사사로움이 없는 나로 해석된다. 무의에서 시작하여 무필과 무

---

2) 『論語集註』, 〈子罕〉4. 子絶四 無意無必無固無我

고를 거쳐 무아가 끝이 되는데, 여기서 그치는 것이 아니라, 다시 무아에서 무의로…… 이 네 가지는 계속해서 서로 순환하게 된다. 왜냐하면 나(我)가 사사로운 뜻을 내게 되면 물욕(物慾)에 이끌려 인을 잃어버리게 되기 때문이다. 그래서 공자는 밥을 다 먹는 동안(종식, 終食)에도, 아주 급작스러운 때(조차, 造次; 전혀 예기치 못한 긴박한 상황들)에도, 엎어지고 자빠질 때(전패, 顚沛; 실패나 좌절을 겪는 상황들)에도 인에 머물러야함을 주장한다.

4. 유학 속의 인물 유형(類型)

날씨가 추워진 뒤에야 소나무와
잣나무가 뒤늦게 시듦을 알 수 있다.[1]

우리의 말과 행동은 마음의 표현이다. 체득(體得), 몸으로 깨닫는
것은 동시에 마음으로 깨닫는 것이다. 비록 일시적인 선한 말과 행동
으로 좋은 평을 받더라도, 몸과 마음으로 깨닫지 못한 말과 행동은
그리 오래가지 못한다. 그래서 공자도 날씨가 추워진 뒤에야 소나무
와 잣나무가 뒤늦게 시듦을 알 수 있다고 했던가?

논어에는 다양한 인물들에 대한 유형이 등장한다. 인물이 보이는
말과 행동을 통해서, 그 인물의 품성이나 인격에 맞는 유형으로 분류
된다. 김춘수가 <꽃>에서 읊은 '나의 빛깔과 향기에 알맞은' 이름을
붙이듯이 말이다.

공자: 이름이 바르지 못하면 말이 순하지 못하고, 말이 순하지
못하면 일이 이루어지지 못하고, 일이 이루어지지 못하면
예악이 일어나지 못하고 (…) 그러므로 군자가 이름을 붙이

---

1) 『論語集註』, 〈子罕〉27. 子曰 歲寒然後 知松柏之後彫(凋)也

면 반드시 말할 수 있으며, 말할 수 있으면 반드시 실행할
수 있다. 군자는 그 말에 구차함이 없도록 할 뿐이다.

『論語集註』, 〈子路〉3. 名不正 則言不順 言不順 則事不成 事不成
則禮樂不興 禮樂不興 (…) 故君子名之 必可言也 言之必可行也
君子於其言 無所苟而已矣

　우리 삶의 갈피들은 엄격한 계획에 의해 질서가 잡힌 공간이 아니
라, 우연과 무질서에 따른 현실이다. 이러한 현실은 언어에 의해서
구체적으로 드러나게 되는데, 인간은 언어에 의해 형상화된 세계만
을 인식할 수 있다. 결국 인간이 세계를 인식하고 질서를 부여하기
위해서는 이름이 필요하다.

　공자는 바른 이름(실제에 맞는 이름)이 붙여져야, 비로소 우리는
말하고 행동할 수 있다고 말한다. 그 이름은 군자에 의해서 붙여지게
된다. 군자는 세속에 숨겨져 있는 단 하나의 이치를 인식하고, 그
이치로 모든 사물을 꿰뚫을 수 있는 사람이다. 뿐만 아니라 군자만이
제대로 사람을 좋아하고 미워할 수 있는 평가를 할 수가 있기 때문이
다. 만약 사욕(私慾)에 의해 균형을 잃고 한 쪽으로 쏠린 사람이 이름
을 붙인다면, 그 말이나 행동에 있어 떳떳하거나 당당하지 못함이
있게 된다.

　그러면 논어 속에 언급된 성인, 그리고 군자와 소인의 인물됨의
특성을 살펴보자.

성인(聖人)

유학은 '수기치인(修己治人)'과 '내성외왕(內聖外王)'[2]이 핵심이다. 성인은 어느 인물에 한 가지 장점이 있다고 해서 붙여진 것이 아니라, 내·외적으로 도(道)가 온전하고 덕(德)이 완비된 인물이다. 공자는 『논어』에서 성인으로 '요-순-우왕-탕왕-문왕-무왕-주공'을 언급하고 있다. 이들은 모두 군주의 신분을 갖고 있는 인물들이다.

유학의 가르침은 수기와 치인을 두 축으로 하고 있는데, 수기를 통한 학문이 치인으로 이어진다. 그러나 치인보다는 수기를 더 강조한다. 자기 자신의 마음과 몸을 수양하기 위한 학문(위기지학, 爲己之學)을 남에게 인정받고 남에게 과시하기 위한 학문(위인지학, 爲人之學)보다 중요하게 여긴다.

그리고 내성외왕(內聖外王)은 도덕적으로 완성된 인간과 정치적으로 최고의 지위인 군주(君主)라는 두 가지 뜻이 있다. 먼저 내성(內聖)은 안으로 성인의 덕을 갖춘다는 의미로, 이것은 안으로 수기(修己)를 통해 성인에 이른다는 뜻이다. 성인은 스스로 도달할 수 있는 최상의 경지이다. 유학은 인간으로서 자아의 인격을 완전하게 하는 것을 목표로 한다. 수기 이전의 자아와 이후의 자아, 수기는 자아의 질적인 변화를 전제한다. 자아란 일상생활의 마당에서 몸소 체험할 때의 자기 상태이다. 그러한 자아가 일상적 체험의 마당에서 결정적인 깨달음의 순간을 통해서 삶의 방식이 전환된다. 여기서 말하는 깨달음은 수기의 결과라기보다는 수기하는 과정 속에서 체득되는

---

2) 김우형·이창일 지음, 『새로운 유학을 꿈꾸다』, 살림, 2006, 61쪽.

상태이다.

외왕(外王)은 밖으로 왕의 덕을 갖춘다는 의미로, 수기를 통해 새롭게 변화한 자아가 높은 깨달음의 수준으로 다른 사람을 상대해야 함을 말한다. 치인(治人)은 다른 사람을 다스린다는 뜻이다. 전제군주제에서 왕은 다른 사람을 다스리는 정점에 있는 인물이다. 여기서 다스린다는 것은 무소불위(無所不爲)의 강한 힘이나 권력으로 다른 사람을 강제로 억압하는 것이 아니다. 백성을 지금보다 좀 더 나은 존재로 만들고, 좀 더 편안하게 잘 살 수 있게 만들어 주는 덕을 갖춘 통치자로서 군주의 모습이다.

그런데 공자가 성인으로 추앙한 인물들은 과연 우리의 생각대로 내·외적으로 완벽함을 갖추었을까? 혹시 우리는 공자라는 이름에 압도되어, 그들을 어설피 성인으로 인정하고 있는 것은 아닐까? 수천 년이 지난 시점에서 누구도 확언할 수 없다. 그렇다면 현실에서는 존재하지 않을 것 같은, 이상적인 성인의 인물상이 필요한 이유는 무엇일까?

> **맹자:** 규(規)와 구(矩)는 방형(方形)과 원형(圓形)의 지극함이요, 성인은 인륜(人倫)의 지극함이다. 군주가 되고자 한다면 군주의 도리를 다할 것이요, 신하가 되고자 한다면 신하의 도리를 다해야 하니, 이 두 가지는 모두 요순(堯舜)을 본받을 뿐이다. 순(舜)이 요(堯)를 섬기던 것으로써 군주를 섬기지 않는다면 그 군주에게 불경(不敬)하는 자요, 요(堯)가 백성을 다스리던 것으로써 백성을 다스리지 않는다면 그 백성을 해치는 자이다.

『孟子集註』, <離婁章句 上>2. 孟子曰 規矩 方圓之至也 聖仁 人
倫之至也 欲爲君 盡君道 欲爲臣 盡臣道 二者皆法堯舜而已矣 不
以舜之所以事堯 事君 不敬其君者也 不以堯之所以治民治民 賊
其民者也

규(規)는 동그라미(圓)를 구(矩)는 네모(方)를 그릴 때 길잡이의
역할을 한다. 뿐만 아니라 준(準)은 평평함(平)을 승(繩)은 곧음(直)
을 만드는 것이다. 즉 규구준승(規矩準繩)은 방원평직(方圓平直)의
길잡이 역할을 한다. 이와 같은 논리로 성인은 인륜의 원칙과 기준이
된다. 마치 요순을 본받아 군신의 도리를 다함은 규구(規矩)를 사용
하여 방원(方圓)의 지극함을 다하는 것과 같다.

만약 공자가 살아 돌아와서 우리와 동시대에 살고 있다면 그는
역사 속의 성인군자처럼 추앙받을 수 있을까? 혹시 공자는 여전히
자신의 뜻을 펼치기 위해서 여러 나라를 떠돌고 있지는 않을까? 역사
속의 공자와 실제의 공자가 다를 수 있다는 말이다. 실제의 공자는
우리 감각의 눈에 의존하고, 역사 속에서 성인군자로 추앙되는 공자
의 모습은 우리 마음의 눈으로 파악된 인물이다. 흡사 감각되는 현실
의 낱낱의 삼각형이 여러 가지 모양을 갖고 있음에도, 모든 삼각형의
내각의 합은 180도인 것처럼 말이다. 마음의 눈은 감각의 눈이 보고
있는 다양한 삼각형의 모양에서 삼각형이 가지는 그 본질을 보는
것이다.

결국 성인의 인물상은 당시를 살아가는 사람들에게 규구준승이
하는 역할과 같은 행위의 규범이나 윤리의 원칙을 제시하는 상징적
인 인물상은 아니었을까?

군자(君子)와 소인(小人)

유학에서 군자는 성인과 마찬가지로, 자신이 부단히 수신(修身)해서 도달해야 할 인간상이다. 이러한 군자와 반대되는 인물 유형이 바로 소인이다. 군자와 소인의 차이를 말할 때, 주로 대구(對句)로 설명한다. 이는 군자와 소인이 항상 상반되기 때문이다. 유학의 가르침에서 군자와 소인은 긍정과 부정의 대표적인 인물 유형으로, 그것은 두 인물의 언행이 같지 않아서 항상 서로 반대되거나 어긋나게 된다.

군자와 소인으로 나누어지는 기준은 바로 인(仁)이다. 군자는 현실의 구체적인 활동에서 인이 밖으로 드러나거나 발현되는 인물이다. 공자가 말하길 '길은 둘이니, 인(仁)과 불인(不仁)일 뿐이다.'[3] 다시 말해서, 인(仁)하면 군자요 인에서 벗어나 불인(不仁)으로 들어가면 소인이 된다.

> 밤중에 일어나 멍하니 앉아 있다
>
> 남이 나를 헤아리면 비판이 되지만
> 내가 나를 헤아리면 성찰이 되지
>
> 남이 터뜨려 주면 프라이감이 되지만
> 나 스스로 터뜨리면 병아리가 되지
>
> 환골탈태(換骨奪胎)는 그런 거겠지.

---

3) 『孟子集註』, <離婁章句 上>2. 孔子曰 道二 仁與不仁而已矣

유인진 시인의 <계란을 생각하며>4)의 전문이다. 시적화자는 밤중에 일어나서 자기성찰을 한다. '군자는 자신에게서 찾고, 소인은 남에게서 찾는다.'5) 군자는 자신의 내면을 살피고 성찰하여 수신하니, 남이 자신을 알아주지 않는다고 해서 걱정하지 않는다. 자신을 살펴보아서 꺼림칙한 것이 없다면 무엇을 걱정하고 무엇을 두려워하겠는가. 내가 나를 스스로 돌아볼 줄 아는 사람이 되어야 한다. 스스로 성찰할 수 있는 사람은 새로운 생명을 얻게 되어 성장하게 된다. 그러나 타인의 지적을 받게 되면 이미 부족한 사람으로 낙인이 찍히게 되어 다른 사람의 먹잇감으로 '프라이(fly)'가 되고 만다. 지금 비록 눈앞에 당장의 이익이 보이지 않더라도, 소인의 길이 아닌 군자의 길에 방향성을 두어야 한다. 그리고 마음이 흐트러지지 않고 한 곳에 집중하는 경(敬)을 중심에 두고 힘껏 발판을 밟아야 한다.

> 필힐(佛肸)이 공자를 부르자, 공자께서 가려고 하였다.
> **자로:** 옛날에 제가 스승님께 듣기를, "직접 그 몸에 불선을 한 자에게 군자가 들어가지 않는다."고 하셨습니다. 필힐이 지금 중모(中牟)에서 반란을 일으켰는데, 스승님께서 가려고 하심은 어째서입니까?
> **공자:** 그렇다. 이러한 말이 있다. 단단하다고 말하지 않겠는가. 갈아도 얇아지지 않는다. 희다고 말하지 않겠는가. 검은 물을 들여도 검어지지 않는다. 내가 어찌 뒤웅박과 같아서 한 곳에 매달려 있어 먹지 못하는 것과 같겠는가?

---

4) 유안진, 『둥근 세모꼴』, 서정시학, 2011, 30쪽.
5) 『論語集註』, <衛靈公>20. 子曰 君子求諸己 小人求諸人

『論語集註』, <陽貨>7. 佛肸召 子欲往 子路曰 昔者由也聞諸夫子曰 親於其身爲不善者 君子不入也 佛肸以中牟畔 子之往也 如之何 子曰 然有是言也 不曰堅乎 磨而不磷 不曰白乎 涅而不緇 吾豈匏瓜也哉 焉能繫而不食

　　필힐(佛肸)은 진(晉)나라 중모(中牟)땅의 읍재(邑宰)로 반란을 일으켰다. 자로가 생각하기에, 필힐은 선하지 못한 짓을 했기 때문에 군자인 공자가 함께할 사람은 아니었다. 이에 자로는 불선한 필힐이 공자를 더럽힐까 걱정되어, 필힐의 부름에 응해서 가는 공자를 저지하려고 하였다. 이에 공자는 남의 불선이 나를 더럽힐 수 없음을 다음과 같이 말한다. "단단하다고 말하는 것은 갈아도 얇아지지 않고, 희다고 말하는 것은 검은 물을 들여도 검어지지 않는다. 그리고 나(공자)는 한 곳에 고정되어 매달린 뒤웅박과 같이 쓰임에 한정되지 않는다."

　　여기서 공자가 자신을 한 곳에 고정되어 매달린 뒤웅박이 아니라는 비유에 눈길이 간다. 이 말은 공자가 특정한 용도에만 적합한 그릇처럼 쓰이지 않고 두루 통용될 수 있다는 군자불기(君子不器)라고 말한 것에 대응된다. 여기서 매달린 뒤웅박(匏)과 그릇(器)은 사람의 품성이나 능력의 쓰임을 나타내는 환유적인 표현이다. 따라서 군자는 권도(權道)를 행하는 사람, 즉 일의 경중(輕重)을 저울질(權)하여 도(道)에 적합하게 처신하는 사람이다.

　　인간으로서 완전무결할 것 같은 군자에게도 다른 사람을 미워하는 마음이 있을까?

　자공: 군자도 미워함이 있습니까?

공자: 미워함이 있다. 남의 나쁜 점을 말하는 자를 미워하고, 하류 (下流, 손아랫사람)에 있으면서 윗사람을 헐뜯는 자를 미워 하고, 용맹스럽기는 하지만 무례한 자를 미워하고, 과감하 기만 하고 막힌(융통성이 없는) 자를 미워한다.

공자: 사(賜)야, 너도 미워함이 있느냐?

자공: 살피(徼)는 것을 지혜로 여기는 자를 미워하고, 겸손하지 않은 것을 용맹으로 여기는 자를 미워하고, 남의 비밀을 들추어내는 것을 정직함으로 여기는 자를 미워합니다.

『論語集註』, <陽貨>24. 子貢曰 君子亦有惡乎 子曰 有惡 惡稱人 之惡者 惡居下流而訕上者 惡勇而無禮者 惡果敢而窒者 曰 賜也 亦有惡乎 惡徼以爲知(智)者 惡不孫(遜)以爲勇者 惡訐以爲直者

우리는 공자를 성인군자의 대표적인 인물로 생각한다. 아마도 자 공은 군자, 곧 인자(仁者)인 공자도 미움의 감정이 있을까라는 의구 심에서 질문을 했을 것이다. 다른 사람을 사랑하지 않음이 없는 사람 이 곧 군자요, 인자(仁者)라고 하지 않았는가. 하지만 공자도 사람이 니, 어찌 사람으로서 미움의 감정이 없겠는가.

공자는 '남의 나쁜 점을 말하는 자, 손아랫사람으로서 윗사람을 헐뜯는 자, 용맹스럽기는 하지만 무례한 자, 과감하기만 하고 막힌 자'를 미움의 대상으로 지목했다. 그리고 제자 자공에게 미워함을 다시 묻는다. 자공은 '남의 것을 몰래 엿보고 살펴(伺察)서 그것을 자기의 지혜로 여기는 자, 겸손하지 않은 것을 용맹으로 여기는 자, 남의 비밀을 들추어내는 것을 정직으로 여기는 자'를 미워한다고 대답했다.

물론 공자나 자공이 열거한 미움의 대상들은 소인의 짓거리에 해당된다. 그렇다면 군자와 소인의 미워함에는 어떠한 차이가 있을까? 군자의 미워함은 소인의 미워함과는 달리, 사욕(私慾)에 치우친 미움이 아니다. 소인은 자기 한 개인 혹은 특정 단체의 이익만을 꾀하기 위해서 다른 사람을 비웃거나 헐뜯어서 말한다. 그러나 군자는 사욕에 따라서 다른 사람을 미워하지 않는다. 미워함의 본질을 꿰뚫어 본 것이다. 남의 악함을 말하면 인후(仁厚)한 뜻이 없고, 남을 비방하면 공경하는 마음이 없고, 용(勇)만 있고 예(禮)가 없으면 분란을 일으키고, 과감하기만 하고 융통성이 없으면 함부로 행동하게 된다. 그래서 오직 군자만이 사람을 제대로 미워할 수 있다.

결국 공자가 말한 군자와 소인의 차이는 정치경제적인 자리에 따른 위계서열에 의한 것이 아니라, 서로 다른 도덕적 가치관에 의해 살아가는 사람들의 품성에 따라 구별한 인물 유형이라고 말할 수 있다.

5. 군자의 권도(權道)

더불어서 함께 배울 수는 있어도 함께 도에 나아갈 수 없으며,
함께 도에 나아갈 수는 있어도 함께 설 수 없으며,
함께 설 수는 있어도 함께 권도(權道)를 행할 수는 없다.[1]

권(權)은 저울의 추이니, 물건을 저울질하여 가벼움과 무거움을
아는 것이다. 따라서 권도(權道)를 행한다는 것은 처리하기 어려운
일을 당해서 비록 정도(正道)는 아니나, 그 당시의 사정이나 요구에
알맞게 사리(事理)를 저울질하여 의리(義理)에 부합하게 처리함을
말한다.

맹자: 양자(楊子)는 나만을 위한다는 주장을 취하였으니, 터럭
하나를 뽑아서 천하가 이롭더라도 하지 않았다. 묵자(墨子)
는 겸애를 주장하여, 정수리부터 갈아 발꿈치에 이르더라
도 천하에 이로우면 하였다. 자막(子莫)은 중간을 잡았으
니, 중간을 잡는 것이 (도에) 가까우나 중간을 잡고 저울질
함이 없는 것은 한쪽을 잡는 것과 같다. 한쪽을 잡는 것을

---

1) 『論語集註』, <子罕>29. 子曰 可與共學 未可與適道 可與適道 未可與立
可與立 未可與權

미워하는 까닭은 도를 해치기 때문이니, 하나를 들고 백
가지를 버리거나 없애는 것이다.

『孟子集註』,〈盡心章句 上〉26. 孟子曰 楊子取爲我 拔一毛而利天
下 不爲也 墨子 兼愛 摩頂放踵 利天下 爲之 子莫執中 執中爲近
之 執中無權 猶執一也 所惡執一者 爲其賊道也 擧一而廢百也

양자(楊子)는 이름이 주(朱)로, 자기 혼자만의 쾌락을 추구하는
위아설(爲我說)을 주장하였다. 그리고 묵자(墨子)는 이름이 적(翟)으
로, 자기와 남을 구별하지 않고 모든 사람을 사랑하는 겸애설(兼愛
說)을 주장하였다. 자막(子莫)은 노나라의 현자(賢者)로, 양자와 묵
자가 중도(中道)를 잃었음을 알았다. 그러나 중간을 잡고 저울질함
(權道)이 없는 것은 한쪽을 잡는 것과 같다. 중간을 잡고 저울질함이
없다면 중(中)에 교착되어 변화를 알지 못하기 때문에, 이 또한 한
쪽을 잡는 것과 같다.

맹자가 한쪽을 잡는 것을 미워한 까닭은 도를 해치기 때문이다.
이것은 하나를 들어서 백 가지를 버리거나 없애는 것과 같다. '중(中)'
은 상황에 따라 변할 수 있다. 정이천은 '中'자가 가장 알기 어려우니,
모름지기 묵묵히 알고 마음으로 통달하여야 한다고 말한다. 그러면
서 다음의 예를 보여준다. 한 대청에는 대청 중앙이 中(중앙)이 되고,
한 집안에는 대청이 중이 아니라 당(堂)이 중이 되며, 한 나라에는
당이 중이 아니라 나라의 한 가운데가 중이 된다.

도(道)에는 정도(正道)와 권도(權道)가 있다. 정도는 시간의 흐름
에도 변함없이 항상 떳떳함이고, 권도는 어느 한 시기에 일시적으로
운용되는 도이다. 그래서 정도는 사람들이 모두 지킬 수 있으나, 권도

는 도를 체득하여 실행한 자가 아니면 쓰지 못한다. 권도는 삼가기를 지극히 하는 것, 즉 '부득이(不得已)'한 데서 나온다.

인(仁)

제(齊)나라 양공(襄公)이 무도(無道)하자 포숙아는 공자 소백(小白)을 모시고 거(莒)나라로 망명하고, 관중(管仲)과 소홀(召忽)은 공자 규(糾)를 섬겨 노(魯)나라로 망명하였다. 소백은 형이고, 규는 아우이다. 무지(無知)가 양공을 시해하자, 노나라 사람들이 공자 규를 제나라로 들여보내려 하였으나 성공하지 못하고 소백이 들어가 환공(桓公)이 되었다. 환공이 노나라로 하여금 규를 죽이게 하고 관중과 소홀을 보내줄 것을 청하자, 소홀은 죽고 관중은 갇히기를 자청하였다. 이때 포숙아(鮑叔牙)가 환공에게 말하여 관중을 재상으로 삼았다.

관중은 제나라의 재상이 되어, 보잘것없는 제나라가 바닷가에 있는 이점을 살려 다른 나라와의 교역을 통해 재물을 쌓아 나라를 부유하게 하였다. 그리고 군대를 튼튼하게 만들었으며 백성과 더불어 좋고 나쁜 것을 나누었다. 관중은 정치를 하면서 재앙이 될 수 있는 일도 복이 되게 하고, 실패할 일도 돌이켜 성공으로 이끌었다. 그는 이해(利害)를 분명하게 따지고, 득실(得失)을 재는 데 신중히 하였다.[2]

자로: 환공이 공자 규를 죽이자 소홀은 죽었는데 관중은 죽지

---

2) 사마천 지음 · 김원중 옮김, 『사기열전1』, 민음사, 2008, 73쪽.

않았습니다. 관중은 인(仁)하지 못한 것이지요?

공자: 환공이 제후들을 규합하되 무력을 쓰지 않은 것은 관중의 힘이었다. 누가 그의 인만 하겠는가. 누가 그의 인만 하겠는가.

『論語集註』,〈憲問〉17. 子路曰 桓公殺公子糾 召忽死之 管仲不死 曰 未仁乎 子曰 桓公九(糾)合諸候 不以兵車 管仲之力也 如其仁 如其仁

자공: 관중은 인자(仁者)가 아닐 것입니다. 환공이 공자 규를 죽였는데, 죽지 못하고 또 환공을 도와주었습니다.

공자: 관중이 환공을 도와 제후의 패자가 되게 하여 한 번 천하를 바로잡아 백성들이 지금까지 그 혜택을 받고 있으니, 관중이 없었다면 나는 머리를 풀고 옷깃을 왼편으로 하는 오랑캐가 되었을 것이다. 어찌 필부필부(匹夫匹婦)들이 작은 신의(信義)를 위해 스스로 목매 죽어서 시신이 도랑에 뒹굴어도 알아주는 사람이 없는 것과 같겠는가.

『論語集註』,〈憲問〉18. 子貢曰 管仲非仁者與 桓公殺公子糾 不能死 又相之 子曰 管仲相桓公 覇諸侯 一匡天下 民到于今受其賜 微管仲 吾其被髮左衽矣 豈若匹夫匹婦之爲諒也 自經於溝瀆而 莫之知也

먼저 관중에 대한 평가는 관점에 따라 온도 차이가 있다. 공자는 〈팔일(八佾)〉에서 관중은 검소하지 않고 예를 모르는 국량이 작은 소인으로 폄하(貶下)하였다. 그리고 사마천은 관중보다는 사람을 알아보는 안목이 좋은 포숙아에게 초점을 맞춰서 열전(列傳)을 지었다. 자로(子路)와 자공(子貢)은 관중이 처음에 섬겼던 공자 규를 버리고 원수인 환공을 섬겼으니, 천리(天理)를 해쳐 인(仁)이 될 수 없다고 의심하여 공자에게 물었다. 인의 관점에서 관중은 섬기던 군주가 죽으면 같이 죽는 것이 마땅하다. 관중은 섬기던 군주(공자 규)를 버리고, 새로운 군주(환공)로 갈아타서 죽음이 아닌 삶을 도모한 것은 사사로움에 치우쳐 인이 될 수 없다.

그러나 공자는 관중의 처신에 대해서 저울질(權)을 한다. 관중은 공적인 면에서 환공이 제후들을 규합하는 과정에서 무력을 쓰지 않도록 하였기 때문에, 그 혜택이 여러 사람들에게 미쳤으므로 인의 공이 있다. 결국 관중이 죽지 않고 살아서, 환공이 패자가 되게 하여 수많은 목숨을 살리고 오랑캐로부터 지켜낸 것을 인의 공으로 권도(權道)한 것이다.

의(義)

위(衛)나라 영공(靈公)은 송(宋)나라에서 시집온 남자(南子)라는 부인을 총애하였는데, 그녀는 음란한 행실이 있었다. 태자 괴외(蒯聵)가 그의 모친인 남자의 음란함을 부끄러워하여 죽이려고 하였다. 그러나 사전에 발각되어 뜻을 이루지 못하고 진(晉)나라도 망명하였다. 영공이 죽자, 남자는 공자 영(郢)을 왕으로 세우려고 하였다. 그러나 영은 "달아난 태자의 아들 첩(輒)이 살아 있습니다."라고 말하며 사양하였다.

이리하여 위나라에서 괴외의 아들 첩(輒)을 왕으로 세우니, 그가 바로 출공(出公)이다. 그리고 공회(孔悝)가 집정대신(執政大臣)이 되었다. 공회의 어머니는 공희(孔姬)로, 영공의 태자인 괴외의 누이이다. 진나라에서 괴외를 본국으로 들여보내려고 하자, 출공이 그를 막았다. 출공이 왕위에 오른 지 12년이 지나도록 아버지 괴외는 귀국하지 못했다.

이 무렵 자로는 위나라 대부 공회의 읍재(邑宰)로 있었다. 사마천은 자로의 죽음에 대해 <중니제자열전(仲尼弟子列傳)>에서 다음과 같이 서술하고 있다. 중니는 공자의 자(字)이다.

괴외가 공회의 집으로 은밀히 숨어 들어가, 공회를 협박하여 난을 일으켜 출공을 습격하였다. 결국 출공은 노나라로 달아났고, 괴외가 임금 자리에 올라 장공(莊公)이 되었다.

공회가 난을 일으켰을 때, 밖에 있던 자로는 그 소문을 듣자마자 달려갔다. 자로는 때마침 위나라 성문을 나오던 자고(子羔)와 마주쳤다. 자고가 자로에게 말했다.

"출공은 달아났고 성문은 벌써 닫혔으니, 그냥 돌아가는 것이 좋겠습니다. 공연히 들어갔다가 화를 당하실 필요는 없습니다."

자로가 말했다.

"출공의 녹을 받아먹은 자로서 그가 어려움에 처한 것을 보고 어찌 피하겠습니까?"

자고는 그대로 떠났으나 자로는 그때 마침 성으로 들어가는 사자를 따라 성으로 들어갔다. 괴외가 있는 곳으로 가니, 마침 괴외는 공회와 함께 누대로 올라가고 있었다. 자로는 괴외를 향해 이렇게 소리쳤다.

"왕께선 어찌 공회를 쓰려 하십니까? 그를 내려보내 죽이도록 해주십시오."

자로는 괴외가 자신의 요청을 들어주지 않자 누대에 불을 지르려 하였다. 괴외는 두려워 석기(石乞)와 호염(壺黶)을 내려보내 자로를 공격하게 하였다. 그들이 칼로 자로의 갓끈을 끊자, 자로는 이렇게 외쳤다.

"군자는 죽더라도 관을 벗지 않는다." 자로는 갓끈을 다시 맨
뒤에 죽었다.[3]

자로의 죽음은 의(義)에 합당한 것일까? 괴외는 어머니를 살해하
려고 했기 때문에 부왕(父王) 영공에게 죄를 얻었고 첩(輒)은 나라를
차지하고서 아버지를 막았으니, 모두 천륜(天倫)에 어긋나므로 아버
지가 없는 자들이다. 따라서 이들은 모두 나라를 소유할 수 없음이
분명하다. 그럼에도 자로는 첩(輒)을 섬기고 떠나가지 않다가 마침내
그 난리에 죽었다. 이는 한갓 그 사람의 녹봉을 먹었으면 그 난을
피하지 않는 것이 의가 되는 것만 알고, 첩(輒)의 녹봉을 먹는 것이
의가 아님을 알지 못한 것이다.

등문공: 우리 등(滕)나라는 작은 나라이므로 힘을 다하여 대국(大
國)을 섬기더라도 화를 면할 수 없으니, 어찌하면 좋겠습
니까?

맹자: 옛날에 태왕(太王)이 빈(邠) 땅에 거주하실 적에 적인(狄人,
오랑캐)이 침략하였습니다. 그들을 피폐(皮幣, 가죽과 비
단)로써 섬겨도 재앙을 피하지 못하였고, 개와 말로써 섬겨
도 재앙을 피하지 못하였고, 주옥(珠玉)으로써 섬겨도 재앙
을 피하지 못하였습니다. 이에 기노(耆老, 육칠십 대의 노
인)들을 모아놓고 말씀하시기를 "적인(狄人)들이 원하는
것은 우리의 토지이다. 내가 들으니 군자는 사람을 기르는
토지를 가지고 사람을 해치지 않는다고 하니, 여러분들은

---

3) 사마천, 앞의 책, 155-156쪽.

어찌 군주가 없음을 걱정하겠는가. 내 장차 이곳을 떠나겠다.”라고 하고는 빈(邠) 땅을 버리고 양산(梁山)을 넘어서 기산(岐山) 아래에 도읍 터를 만들어 거주하셨습니다. 빈(邠) 땅의 사람들이 말하기를 “인(仁)한 사람이다. 놓쳐서는 안 된다.”라고 하고는 그를 따르는 자가 시장에 돌아가듯 하였습니다. 혹자는 말하기를 “대대로 지켜오는 곳이라 자신이 마음대로 할 수 있는 것이 아닙니다. 목숨을 바치더라도 떠나지 마십시오.”라고 했으니, 청컨대 군주께서는 이 두 가지 중에서 선택하십시오.

『孟子集註』,〈梁惠王章句 下〉15. 滕文公問曰 滕小國也 竭力以事大國 則不得免焉 如之何則可 孟子對曰 昔者大(太)王居邠 狄人侵之 事之以皮幣 不得免焉 事之以犬馬 不得免焉 事之以珠玉 不得免焉 乃屬耆老而告之曰 狄人之所欲者 吾土地也 吾聞之也 君子不以其所以養人者害人 二三者 何患乎無君 我將去之 去邠 踰梁山 邑于岐山之下居焉 邠人曰 仁人也 不可失也 從之者如歸市 或曰 世守也 非身之所能爲也 效死勿去 君請擇於斯二者

등(滕)나라는 춘추전국시대에 제(齊)나라와 초(楚)나라 사이에 끼여 있던 작은 나라이다. 태왕(太王)은 중국 상(商)나라 시대 주족(周族)의 수장으로 고공이라 불려, 흔히 이름과 함께 고공단보(古公亶父)라고 한다. 훗날 증손자인 주나라 무왕(武王)에게 태왕으로 추존되었다.

등문공이 맹자에게 묻는다. 등나라는 강대국 사이에서 힘을 다하여 대국을 섬기더라도 화를 면할 수 없다. “나는 어떤 선택을 해야 하는가?” 이에 맹자는 두 가지 선택지(選擇肢)를 제시한다. 태왕(太王)과 같이 등나라 땅을 버리고 피하든지, 아니면 혹자가 말하듯이 목숨을 바쳐 토지를 지키는 것이다.

여기서 나라를 옮겨 보전하기를 도모하는 것은 권도(權道)요, 토지를 지키면서 죽음을 기다리는 것은 의(義)로써 정도(正道)이다. 결국 우리는 자신을 헤아리고 능력을 살펴 처신하는 것이 마땅한 일이다.

예(禮)

옛날에는 남녀 사이에서 지켜야 할 예(禮)를 어릴 때부터 교육하였다. 예(例)를 들면 남녀가 7살이 되면 같은 자리에 앉히지 않았거나 (남녀칠세부동석, 男女七歲不同席), 또한 남녀 사이에는 직접 물건을 주고받지 않았다. 이는 남녀 사이의 분별을 명확히 한 것이다.

> **순우곤:** 남녀 사이에 (물건을) 주고받는 것을 직접 하지 않는 것이 예입니까?
> **맹자:** 예이다.
> **순우곤:** 제수가 물에 빠지면 손으로 구해야 합니까?
> **맹자:** 제수가 물에 빠졌는데도 구하지 않는다면 이는 승냥이이다. 남녀 사이에 주고받기를 직접적으로 하지 않는 것은 예이고, 제수가 물에 빠졌는데 손으로써 구하는 것은 권도이다.
> **순우곤:** 지금 천하가 도탄에 빠졌는데, 선생님께서 구하지 않는 것은 어째서입니까?
> **맹자:** 천하가 도탄에 빠지면 도로써 구하고, 제수가 물에 빠지면 손으로써 구하는 것이니, 그대는 손으로 천하를 구하고자 하는가.

『孟子集註』, 〈離婁章句 上〉17. 淳于髡曰 男女授受不親 禮與 孟

子曰 禮也 曰 嫂溺 則援之以手乎 曰 嫂溺不援 是豺狼也 男女授
受不親 禮也 嫂溺 援之以手者 權也 曰 今天下溺矣 夫子之不援
何也 曰 天下溺 援之以道 嫂溺 援之以手 子欲手援天下乎

순우(淳于)는 성이고 곤(髡)은 이름인데, 제(齊)나라의 변사(辯士)
이다. 순우곤이 맹자에게 남녀 사이에서 예의(禮儀)에 맞는 몸가짐에
대해서 물었다. 당시 남녀 사이에서는 물건을 직접 주고받지 않는
것이 평상시의 정도(正道)로써 예(禮)였다.

그런데 지금!, 내 눈앞에서 물에 빠진 제수를 발견했다고 하자.
지금 당장 손을 쓰지 않으면 제수의 생명이 몹시 위태로운 긴급한
상황이라면 어떻게 해야 할까? 옛날에 시숙과 제수 사이는 일반 남녀
사이보다도 더 어렵고 조심스러운 관계였다. 그럼에도 당연히 제수
가 물에 빠지면 손으로써 생명을 구해야 한다. 이것은 상황을 저울질
하여(權) 중도(中道)를 얻는 것으로, 정도에서 이탈되지 않았다. 이것
이 바로 권도(權道)의 예(禮)이다.

모든 인간이 성인군자가 아니기 때문에, 권도의 논리에는 항상
적용의 위험이 도사리고 있다. 인간이라면 세상의 일을 자기중심적
으로 해석하고 적용하려는 것이 인지상정(人之常情)이다. 권도를 자
기 합리화의 도구로써 사용할 수 있다는 말이다. 바로 이 지점을
맹자는 경계하고 있다. 도탄에 빠진 천하를 정도로써 구원하지 않는
다면 어떻게 되겠는가? 우리는 자기의 이익을 위해 무력이나 권모술
수(權謀術數)로써 약자 위에 군림한 사례를 역사 속에서 수없이 보아
왔다. 그들이 아전인수(我田引水)격으로 정당화 시킨 논리들이 권도
라는 이름으로 꾸며진 것은 아니었을까? 그래서 맹자는 도탄에 빠진

천하를 구하는 손과 물에 빠진 제수를 구하는 손의 사용이 다르다는 것을 일갈(一喝)하였다.

정직(正直)과 효(孝)

> **섭공:** 우리 마을에 몸소 정직을 실천한 사람이 있습니다. 그의 아버지가 양을 훔치자, 아들이 그것을 증명하였습니다.
>
> **공자:** 우리 마을에서 정직한 사람은 그와는 다릅니다. 아버지는 자식을 위하여 숨겨주고 자식은 아버지를 위하여 숨겨주니, 정직함이 그 가운데 있습니다.

『論語集註』, 〈子路〉18. 葉公語孔子曰 吾黨有直躬者 其父攘羊 而 子證之 孔子曰 吾黨之直者異於是 父爲子隱 子爲父隱 直在其中 矣

섭공(葉公)은 초(楚)나라의 정치가로, 공자에게 자신의 마을에 칭찬받을 만한 정직한 사람이 있다는 것을 자랑(?)하였다. 자신의 마을에서 아버지가 양을 훔친 사건이 있었는데, 그 아들이 아버지가 양을 훔쳤다고 일러바쳤다는 내용이다. 공자가 이 말을 듣고, 아버지는 자식을 위하여 허물을 숨겨주고 자식은 아버지의 허물을 숨겨주는 가운데에 정직함이 있음을 말한다. 여기서 섭공과 공자가 '정직'을 바라보는 관점이 드러냄과 숨김으로 모순되면서 대립된다.

아버지가 양을 훔친 사실을 고발하여 증명하는 것이 진실한 정직함일까? 소인(小人)은 스스로 속이는 것을 꺼리지 않고, 실수나 잘못을 그럴듯하게 반복해서 꾸미기 때문에 허물을 더하게 된다. 그래서 우리는 윤리·도덕적으로 정직을 강조한다.

그럼에도 공자는 아버지와 아들 사이의 특수한 상황에서는, 그 정직함에 대해 저울질할 필요가 있다고 말한다. 부모 자식 사이에 비록 잘못을 저질렀다고 하더라도 이를 고발하거나 들춰내는 것이 아니라, 서로 숨겨 주는 것이 사리(事理)에 맞는 도리이다. 그 가운데에 바로 정직함이 있고 숨김은 권도(權道)로써 정당화된다.

위의 대화 내용은 정직에 대한 권도에 머무르지 않고, 효(孝)의 문제로 확대된다. 아버지가 양을 훔친 것을 고발한 아들은 효자일까, 불효자일까. 다음의 예를 통해 효에 대해서 생각해 보자.

> **공도자:** 광장(匡章)은 온 나라 사람들이 모두 불효한다고 일컫는데 스승님은 그와 더불어 교유하시고 게다가 그를 예우하시니, 감히 묻겠습니다. 어째서입니까?
>
> **맹자:** 세속에서 말하는 불효(不孝)한다는 것은 다섯 가지이다. 그 사지(四肢)를 게으르게 하여 부모의 봉양을 돌보지 않음이 첫 번째 불효요, 장기와 바둑을 두며 술 마시기를 좋아하여 부모의 봉양을 돌보지 않음이 두 번째 불효요, 재물을 좋아하여 아내와 자식만 보살펴 부모의 봉양을 돌보지 않음이 세 번째 불효요, 귀와 눈의 하고자 함을 따라 부모를 욕되게 함이 네 번째 불효요, 용맹을 좋아하여 사납게 싸워서 부모를 위태롭게 함이 다섯 번째 불효이니, 장자(章子, 광장)가 이중에 한 가지라도 (해당되는 것이) 있는가.
> 저 장자는 부자간에 선(善)을 책(責)하다가 뜻이 서로 맞지 않은 것이다. 책선(責善)은 붕우의 도이니, 부자간에 책선함은 은혜를 해침이 큰 것이다. 저 장자는 어찌 부부와 모자의 가족이 있기를 원하지 않겠는가마는 아버지에게 죄를 얻어 가까이 할 수 없었다. (이 때문에) 아내를 내보내고

자식들을 물리쳐서 종신토록 (처자의) 봉양을 받지 않았으니, 그 마음에 생각하기를 "이렇게 하지 않으면 죄가 크다."고 여겼으니, 이와 같이 하는 것은 장자뿐이다.

『孟子集註』,〈離婁章句 下〉30. 公都子曰 匡章 通國皆稱不孝焉 夫子與之遊 又從而禮貌之 敢問何也 孟子曰 世俗所謂不孝子五 惰其四肢 不顧父母之養 一不孝也 博奕好飲酒 不顧父母之養 二不孝也 好貨財 私妻子 不顧父母之養 三不孝也 從耳目之欲 以爲父母戮 四不孝也 好勇鬪狠 以危父母 五不孝也 章子有一於是乎 夫章子 子父責善而不相遇也 責善 朋友之道也 父子責善 賊恩之大者 夫章子 豈不欲有夫妻子母之屬哉 爲得罪於父 不得近 出妻屛子 終身不養焉 其設心以爲不若是 是則罪之大者 是則章子已矣

공도자(公都子)는 맹자의 제자이다. 광장(匡章)은 제(齊)나라 사람으로, 아마 당시에 불효자의 대명사였던가 보다. 그래서 제자가 스승에게, 왜 그와 사귀면서 예우까지 하느냐고 묻는다. 제자의 물음에 맹자는 다섯 가지의 불효에 대해서 설명하고, 장자(章子)는 불효자가 아님을 말한다. 그는 부자 사이에 책선(責善)을 하는 과정에서 서로 뜻이 맞지 않아서 불효자라는 꼬리표가 붙은 것이다.

맹자는 광장의 행위에 대해서 세상 사람들과는 다른 견해를 밝힌다. '책선(責善)'은 벗 사이에서 착하고 좋은 일을 하도록 서로 권하는 행위를 말한다. 그렇기 때문에 부자 사이에서는 책선을 하지 않는다. 만약 부자 사이에 책선을 하게 되면 은혜를 크게 해치게 된다는 것이다. 광장과 그의 아버지 사이의 행위는 벗 사이에서 행할 책선의 결과로, 부자 사이에서 행할 도는 아니었다. 더욱이 광장은 아내와 자식을 모두 내보내고 죽을 때까지 자신의 처자(妻子)에게 봉양을 받지 않았다. 이렇게 광장 스스로 꾸짖고 벌하지 않으면 불효의 죄가 크다고 여겼기 때문이다.

맹자는 광장의 효에 대해서 저울질을 했다. 맹자는 권도(權道)의 차원에서 광장을 불효자로 생각하지 않았고, 그와 더불어 교유하면서 예의를 지키어 정중하게 대우했던 것이다.

『중용』에서 주자(朱子)는 선(善)과 중(中)에 대해서 다음과 같이 말했다.

> 사람들이 그 누가 선으로써 말해 주기를 즐거워하지 않겠는가. 양단(兩端)은 중론(衆論)이 같지 않음의 극치(極致)를 말한다. 모든 사물에는 다 양단이 있으니, 작고(小) 크고(大) 두텁고(厚) 엷은(薄)과 같은 종류이다. 선(善)의 가운데에서도 또 그 두 끝을 잡고서 헤아려 중(中)을 취한 뒤에 쓴다면, 선택함이 분명하고 행함이 지극한 것이다. 그러나 자신에게 있는 권도(權度, 저울과 자)가 정(精)하고 간절하여 어그러지지 않는 사람이 아니면 어찌 이에 참여할 수 있겠는가.
>
> 『中庸章句』6. 人孰不樂告以善哉 兩端 謂衆論不同之極致 蓋凡物 皆有兩端 如小大厚薄之類 於善之中 又執其兩端而量度而取中然後 用之 則其擇之審而行之至矣 然 非在我之權度精切不差 何以與此

6. 스승과 제자

세 사람이 길을 감에 반드시 나의 스승이 있으니,
그중에 선한 자를 가려서 따르고,
선하지 못한 자를 가려서 잘못을 고쳐야 한다.[1]

우리는 태어나서 죽을 때까지 수많은 사람들과 만나고 또 헤어지는 인연의 장(場) 속에서 고유한 색깔을 갖는 주체로서 성장하면서 살아간다. 그 사람들이 모두 스승이었다. 그 스승들은 부모, 형제자매, 친구, 선후배 등으로, 참으로 다양한 모습으로 나와 관계를 맺고 있다. 그런데 그 사람들이 모두 나의 진실한 스승이었다는 것을 인식하지 못한 채로 지나가는 경우가 대부분이다. 그것은 학교 교육에서 스승의 의미가 큰 자리를 차지하고 있기 때문에, 학교 밖에 있는 수많은 스승들이 주목을 받지 못하는 것은 아닐까.

관계 맺음! 우리가 살아가면서 이것만큼 어려운 일도 없을 것이다. 그중에서 우리가 태어나서 가장 먼저 부모와 자식 간의 관계를 맺게 되는데, 부모로부터 밥상머리 교육이 시작된다. 부모로부터 듣는, 자

---

1) 『論語集註』, 〈述而〉21. 子曰 三人行 必有我師焉 擇其善者而從之 其不善者而改之

식의 입장에서 부모의 잔소리로부터 교육은 시작된다. 그런데 자식이 성장함에 따라 부모의 교육은 딜레마에 도달하게 된다.

예를 들면, 가수 양희은 씨가 부른 <엄마가 딸에게>[2]라는 노래가 있다. 엄마가 딸에게 전해주고 싶은 말을 한 것에 대해서, 딸이 엄마에게 대답하는 형식으로 된 노래이다. 항상 아이인 줄만 알았던 열다섯 된 딸에게 어떤 말을 해줄까 고민하는 엄마의 딜레마가 그대로 드러난다. 딸이 좀 더 행복해지기를 바라는 마음에서 엄마의 지난 삶 속에서 가장 중요한 말을 가슴 속에서 찾는다. 결국 엄마가 찾은 말은 '공부해라', '성실해라', '사랑해라'의 세 마디였다. 그러나 공부는 너무 교과서적이라, 성실은 엄마도 실천하지 못한 말이고, 또 사랑은 너무 어려운 말이라 주저하게 된다. 딸의 입장에서 엄마의 절절한 사랑이 묻어있는 이 말은 늘 되풀이 되었던 말이기에 마음의 문을

---

2) 난 잠시 눈을 붙인 줄만 알았는데 벌써 늙어 있었고 / 넌 항상 어린 아일 줄만 알았는데 벌써 어른이 다 되었고 / 난 삶에 대해 아직도 잘 모르기에 너에게 해줄 말이 없지만 / 네가 좀 더 행복해지기를 원하는 마음에 내 가슴 속을 뒤져 할 말을 찾지 / 공부해라 아냐 그건 너무 교과서야 / 성실해라 나도 그러지 못했잖아 / 사랑해라 아냐 그건 너무 어려워 / 너의 삶을 살아라! / 난 한참 세상 살았는 줄만 알았는데 아직 열다섯이고 / 난 항상 예쁜 딸로 머물고 싶었지만 이미 미운 털이 박혔고 / 난 삶에 대해 아직도 잘 모르기에 알고픈 일들 정말 많지만 / 엄만 또 늘 같은 말만 되풀이하며 내 마음의 문을 더 굳게 닫지 / 공부해라 그게 중요한 건 나도 알아 / 성실해라 나도 애쓰고 있잖아요 / 사랑해아 더는 상처받고 싶지 않아 / 나의 삶을 살게 해줘! / 공부해라 아냐 그건 너무 교과서야 / 성실해라 나도 그러지 못했잖아 / 사랑해라 아냐 그건 너무 어려워 / 너의 삶을 살아라! / 내가 좀 더 엄마가 되지 못했던 걸 용서해줄 수 있겠니 / 넌 나보다는 좋은 엄마가 되겠다고 약속해주겠니 / [작사: 양희은·김창기, 작곡: 김창기, 노래: 양희은]

닫게 된다. 결국 엄마는 "너의 삶을 살아라!"라는 말을 딸에게 전한다. 딸은 공부가 중요한 것도 알고, 성실하려고 애쓰고 있고, 또 사랑은 상처받고 싶지 않다고 말한다. 결국 딸은 나의 삶을 살게 해달라는 말로 둘 사이에 합일점(?)을 찾았다. 마지막으로 엄마보다 더 좋은 엄마가 되기를 바라는 당부의 말로 이 노래는 마무리가 된다.

> **공손추:** 군자가 (직접) 자식을 가르치지 않음은 어째서입니까?
> **맹자:** 세(勢)가 행해지지 않기 때문이다. 가르치는 자는 반드시 올바름으로써 하는데, 올바름으로써 가르쳐 행해지지 않으면 노함이 뒤따르고, 노함이 뒤따르면 도리어 (자식의 마음을) 상하게 된다. (자식이 생각하기를) "아버지(夫子)께서 나를 바름으로써 가르치시지만 아버지도 (행실이) 바름에서 나오지 못하신다."라고 생각한다면 이는 부자간에 서로 (의를) 상하는 것이니, 부자간에 서로 의를 상함은 나쁜 것이다. (그래서) 옛날에는 자식을 바꾸어 가르쳤다. 부자간에는 선(善)으로 책(責)하지 않으니, 선으로 책하면 (정이) 떨어지게 된다. 정(情)이 떨어지면 나쁜 것이 이보다 더 큼이 없는 것이다.

> 『孟子集註』,〈離婁章句 上〉18. 公孫丑曰 君子之不教子 何也 孟子曰 勢不行也 教者必以正 以正不行 繼之以怒 繼之以怒 則反夷矣 夫子教我以正 夫子未出於正也 則是父子相夷也 父子相夷 則惡矣 古者易子而教之 父子之間不責善 責善則離 離則不祥莫大焉

공손추(公孫丑)는 전국시대 제(齊)나라 사람으로, 맹자의 제자이다. 옛날에는 자식을 바꾸어 가르쳤다. 왜냐하면 부모는 반드시 올바름을 자식에게 가르치게 되는데, 그 올바름이 행해지지 않으면 부모는 화를 내게 된다. 그러면 부모와 자식 사이가 어그러지게 되고, 이로 말미암아 자식의 마음이 상하게 되기 때문이다. 만약 자식이 "부모님이 나를 바름으로써 가르치시는데, 정작 부모님 행실은 바름에서 나오지 않는다."라고 생각한다면 이는 부모와 자식 사이에서 서로 의를 상하게 되는 원인이 된다. 결국 자식을 바꾸어 가르친 것은 부모와 자식 사의의 은혜를 온전히 하고 가르침을 잃지 않기 위함이었다.

대중가요인 <엄마가 딸에게>, 그 가사(歌詞) 속의 열다섯 살 된 딸은 늘 같은 말만 되풀이하는 엄마의 올바른 가르침에 마음의 문을 굳게 닫게 된다. 예쁜 딸로 머물고 싶었지만 이미 미운 털이 박혔다고 생각하는 것이다. 혹시 일상생활 속의 엄마를 바라보는 딸의 마음에 "엄마도 바르지 못하면서 나를 가르친다."라는 생각이 들었을지도 모르겠다.

이번에는 좀 더 극적인 스승과 제자 사이의 이야기가 담긴 예를 들어보자. 중국의 남북조 시대, 신광[3]은 가르침을 받고자 숭산 소림굴의 달마 대사를 찾았다. 계절은 겨울, 신광은 며칠째 무릎을 꿇고 있었다. 무릎을 꿇은 신광의 머리 위에 눈은 쌓이고 또 쌓였고, 살을

---

3) 달마의 법을 이은 2대 조사 혜가(慧可, 487~593)의 성은 희씨(姬氏)이다. 어머니가 이상한 광채가 집안에 비치는 꿈을 꾸고 그를 낳으니 이름을 광광(光光)이라고 불렀다. 어려서부터 총명한 데다 용모가 수려했고 노장과 유학 사상을 깊이 공부했는데, 특히 '시경', '역경'에 정통했다고 전한다. 그러나 철이 들면서 어지러운 세상살이에 염증을 느끼고 세속의 지식이 궁극적인 것이 아님을 깨달아 불문에 들어선다.(우봉규, 『달마와 그 제자들』, 살림, 2008, 45쪽.)

에는 바람은 불고 또 불었다. 그렇지만 신광은 움직이지 않았다. 그렇게 며칠이 흘러갔다. 드디어 달마가 문을 열었다.

"받아 주십시오."
신광이 머리를 숙였다.
달마가 신광의 꽁꽁 언 몸을 바라보며 물었다.
"너의 뜻이 얼마나 깊으냐?"
신광은 잠시 말이 없었다.
달마가 민망히 생각하여 되물었다.
"네가 눈 속에 오래 있으니, 무엇을 구하는가?"
꿇어앉은 신광 곁에는 칼 하나가 놓여 있었다. 신광은 달마의 말을 듣자마자 칼을 들어 한쪽 팔을 끊었다. 붉은 피가 하얀 눈 위에 흩뿌려졌다. 신광은 떨어진 팔을 한쪽 손으로 집어서 스승에게 바쳤다.
달마는 비로소 혜가(慧可)라는 법명을 주며 말했다.
"부처님들이 처음 도를 구하실 때는 법을 위해 몸을 던지셨다. 네가 이제 내 앞에서 팔을 끊으면서 구하니, 가히 할 만한 일이다."4)

법(法)을 전하는 선(禪) 이야기 중에서 팔을 잘라 법을 구했다는 이야기이다. 이러한 이야기는 영화나 TV, 소설 등에서 보거나 읽었음직한 익숙한 장면이다. 이름난 스승을 찾아 제자로 받아주기를 애원하는데, 스승은 제자로 받아주질 않는다. 제자는 여러 날 동안 문 앞에 꿇어앉아서 제자로 받아주기를 간곡히 청한다. 결국 스승은 찾

---

4) 우봉규, 앞의 책, 3-5쪽.

아온 이를 제자로 받아들인다. 스승이 여러 날 동안 문밖에서 꿇어앉아 있는 것을 지켜본 것은 가르칠 내용이 담길 그릇(바탕)을 짐작하기 위함일 것이다. 달마도 혜가의 깨달음에 대한 간절함을 보고 제자로 받아들였다. 현대와는 다른 방식으로 스승과 제자의 관계가 맺어지는 모습을 볼 수 있다.

그렇다면 현대 자본주의 시대에서 공식적인 스승과 제자로 관계 맺음의 방식은 어떠한가? 혹시 스승과 제자 사이가 돈으로 매개되고 있지는 않을까? 유치원부터 대학원까지 스승과 제자로 관계 맺게 되는 순간부터, 그 둘 사이에는 권리와 의무가 동시에 생긴다. 제자는 돈을 지불해야 할 의무와 그에 합당하고 정당한 교육을 받을 권리가 생긴다. 스승은 이와는 반대이다. 교육에 대한 대가로 급여를 받을 권리와 교육할 의무가 그에게 주어진다.

우상이란 나무나 돌, 쇠붙이, 흙 따위로 만든 형상만은 아닐 것이다. 섬기지 말아야 할 것을 섬기는 것, 내가 마땅히 시키고 부려야 할 것에 도리어 섬기고 복종하는 것이 모두 우상은 아닐까? 돈, 명예, 물질, 지식...... 어쩌면 자본주의 사회에서 돈이 신처럼 숭배의 대상이 된 우상은 아닐까. 이러한 사회적 분위기 속에서 스승과 제자의 자리가 제대로 찾아질 수는 있을까.

우리들이 쓰는 말에서 주로 스승은 제자, 선생은 학생과 짝패를 이룬다. 사전적 의미에서 스승은 '자기를 가르쳐서 인도하는 사람', 선생은 '학생을 가르치는 사람'으로 풀이된다. 그리고 스승은 선생보다 예스러운 맛이 있고, 쓰임의 희소성(격식) 면에서 좀 더 고급스럽다고나 할까. 왜냐하면 지금의 언중들은 일반적인 호칭으로써 선생이라는 말을 두루 쓰고 있기 때문이다. 누구나 장소나 상황에 관계없이 웬만하면 선생님이라는 말을 들을 수 있으니 말이다. 더욱이 '스 승'도 헌신적으로 학생을 돌보는 스승을 가리키는 '참스승'('참선생' 은?)으로 구별되니, 가르치는 사람들에 대한 세태의 반영인가.

그럼에도 교육의 장(場)에서 가르치는 사람과 배우는 사람이 엄격 하게 구별되어 독립적으로 존재하는 것은 아니다. 왜냐하면 그들은 각각 서로를 내포하기 때문이다. 그것은 사회 제도적인 차원에서 구 별되지만 실제에 있어서는 둘 사이가 동전의 양면처럼 한 몸에서 통일되면서 차이를 보인다.

7. 공자의 수준별 교육

가르침이 있으면 종류가 없다.[5]

왜, 스승에게 가르침을 받아야 하는가?

비록 스스로 깊이 생각하여 이치를 깨달아 알아낸다고 하더라도, 그가 가지고 있는 선입견과 편견 등에 의해서 그 내용이 옳은지 그른지에 대한 합리적인 판단을 내릴 수가 없다. 경우에 따라서는 책을 통해 얻은 지식도 여기서 예외일 수는 없다. 책은 굳이 남을 가르치려고도 스승이라고도 우기지 않는다. 오로지 독자의 자질과 능력에 의해서 읽혀지고 이해될 뿐이다. 독서를 통해 시대와 지역을 넘어 스승을 만날 수 있고, 앉아서 천리를 보고 생각하면서 깊이와 넓이를 확장시킬 수도 있다.

그러나 스스로 터득한 지식은 일정한 한계가 있게 마련이다. 더욱이 홀로 얻은 지식은 한쪽으로 치우쳐 공평하지 못하기 때문에 오히려 자신에게 해로울 수도 있다. 그렇기 때문에 스승에게 나아가 묻거나 따져서 바로잡아야 어그러짐을 피할 수 있다.

---

5) 『論語集註』, 〈衛靈公〉38. 子曰 有敎無類

맹자: 장차 크게 훌륭한 일을 할 수 있는 군주는 반드시 (함부로) 부르지 않는 신하가 있다. (그리하여) 도모하고자 하는 일이 있으면 그에게 찾아갔으니, 덕을 높이고 도를 즐거워함이 이와 같지 않으면 더불어 (훌륭한 일을) 할 수 없는 것이다. 그러므로 탕왕(湯王)은 이윤(伊尹)에게 배운 뒤에 그를 신하로 삼았기 때문에 힘도 들이지 않고 왕 노릇을 했고, 환공(桓公)은 관중(管仲)에게 배운 뒤에 그를 신하로 삼았기 때문에 힘도 들이지 않고 패자(霸者)가 되었다.

지금 천하의 (제후들이 차지한) 영토가 비슷하고 덕도 비슷해서 서로 뛰어나지 못함은 다른 것이 없다. 자기가 가르칠 수 있는 사람을 신하로 삼기를 좋아하고, 자기가 가르침을 받을 수 있는 사람을 신하로 삼기를 좋아하지 않기 때문이다.

『孟子集註』,〈公孫丑章句 下〉2. 將大有爲之君 必有所不召之臣 欲有謀焉 則就之 其尊德樂道 不如是 不足與有爲也 故湯之於伊 尹 學焉而後臣之 故不勞而王 桓公之於管仲 學焉而後臣之 故不 勞而霸 今天下地醜德齊 莫能相尙 無他 好臣其所敎而不好臣其 所受敎

탕왕은 고대 중국 하(夏)나라의 걸왕(桀王)을 추방하고 상(商)나라를 건국한 왕이다. 이윤(伊尹)은 상나라의 정승이다. 공자는 탕왕이 여러 사람 중에서 이윤을 선발하여 정승으로 삼았기 때문에 불인(不仁)한 자가 멀어졌다고 평했다. 환공(桓公)과 관중(管仲)은, <군자의 권도> 장에서 언급한 인물들이다.

맹자(孟子)는 역사적으로 훌륭한 일을 한 군주는 도모할 일이 있으면 함부로 부르지 않는 신하(스승)가 있었다고 말한다. 바로 탕왕과 이윤, 그리고 환공과 관중이 그러한 관계이다. 이들은 '군주-신하'이면서 동시에 '스승-제자'로 맺은 관계이다. 이러한 관계가 가능했던 것은 탕왕과 환공이 각각 이윤과 관중을 스승으로 삼아서 배우고, 뒤에 신하로 선발하여 임무를 맡겼기 때문이다. 이러한 이유로 어렵지 않게 왕 노릇을 하고, 패자(霸者)가 될 수 있었다.

그런데 전국시대에 중원의 여러 나라가 패권을 잡지 못한 이유가 바로 가르침을 받을 스승이 없기 때문이라는, 맹자의 현실 인식은 시대와 지역을 뛰어넘어서도 설득력을 갖는다. 그것은 '사람들의 병통이 남에게 스승 되기를 좋아함에 있다.'6)는 것이다. 다른 사람의 스승이 되기를 좋아하여 배우기를 게을리하게 되면 그는 스스로 만족하여 다시는 진전이 없게 된다.

스승은 어떻게 되는가?

맹자는 군자의 세 가지 즐거움(군자삼락, 君子三樂)에 대해서 말했다. 첫 번째는 부모가 모두 생존해 계시고 형제가 무고한 것이요, 두 번째가 우러러 하늘에 부끄럽지 않고 굽어보아 사람에게 부끄럽지 않은 것이요, 마지막으로 천하의 영재를 얻어 교육하는 것이다. 군자삼락에 천하에 왕 노릇 하는 것은 들어있지 않다.7) 맹자는 왕의 자리보다 스승의 자리를 높게 생각한 것이다. 천하의 영재라는 조건이 붙어있음에도, 맹자의 말에서 스승의 중요성에는 변함이 없다.

---

6) 『孟子集註』,〈離婁章句 上〉23. 孟子曰 人之患 在好爲人師
7) 『孟子集註』,〈盡心章句 上〉20. 孟子曰 君子有三樂而王天下不與存焉
　　父母俱存 兄弟無故 一樂也 仰不愧於天 俯不怍於人 二樂也 得天下英
　　才而敎育之 三樂也 君子有三樂而王天下不與存焉

맹자: 군자가 가르치는 방식에는 다섯 가지가 있다. 때맞춰 내리는 비(시우, 時雨)가 변화(化)시키듯이 하는 방식이 있고, 덕(德)을 이루게 하는 방식이 있고, 재능을 통달하게 하는 방식이 있고, 물음에 답하는 방식이 있고, 사사로이 선(善)으로 다스리는 방식이 있으니, 이 다섯 가지는 군자가 가르치는 방식이다.

『孟子集註』,〈盡心章句 上〉40. 孟子曰 君子之所以敎者五 有如時雨化之者 有成德者 有達財(材)者 有答問者 有私淑艾者 此五者君子之所以敎也

맹자는 가르침의 방식을 다섯 가지로 설명하고 있다. 다섯 가지 중에 두 가지를 설명하면 다음과 같다. 먼저 '때맞춰 내리는 비가 변화시키듯이'라는 말은, 적기에 내리는 단비와 자양분에 의해 초목은 무럭무럭 자라나게 되어 그 변화함이 빠르게 된다. 마찬가지로 적기의 가르침에 의한 제자의 성장함이 이와 같다는 말이다. 마지막으로 '사사로이 선으로 다스리는 방식'이라는 말은 제자가 직접 스승에게 배우지는 못했지만 군자의 도를 듣거나 독서로 배워서, 그 몸을 스스로 다스리면 이 또한 스승의 가르침이 미친 것이다. 즉, 간접적인 교화로써 사람의 인격을 도야시키는 방식이라고 말할 수 있다.

앞에서 가르침의 방식에 대해서 다섯 가지로 열거했는데, 그렇다면 그것을 가르치는 스승은 무엇을 공부해야 할까? 공자는 '옛것을 학습하여 새것을 알면(온고지신, 溫故知新) 스승이 될 수 있다.'[8]고 말한다. 다시 말해서 남의 스승이 되려면 옛것을 배우고 그것을 때때

---

8)『論語集註』,〈爲政〉11. 子曰 溫故而知新 可以爲師矣

로 익혀, 반드시 마음에 새롭게 터득함이 있어서 응용할 수 있어야 한다는 말이다. 이 말은 참된 깨달음이 없이, 오로지 다른 사람의 난해한 질문에 대답하기 위해서 잡다한 지식을 암기하는 것(기문지학, 記問之學)과는 거리가 있다. 스승이 되려는 사람의 마음가짐에는 두 가지가 있으니, 온고지신과 기문지학의 길이다.

어떻게 가르칠 것인가?

공자는 '가르침이 있으면 종류가 없다'고 말했다. 이는 사람의 성(性)은 본래 모두 선하다. 그런데 그 종류에 선과 악의 다름이 있는 것은 개인의 기질과 오랜 습관 때문이다. 따라서 스승의 가르침이 있으면 모두 선으로 돌아올 수 있다는 의미이다.

> **공자:** 중인(中人) 이상은 높은 것(심오한 도리)을 말해줄 수 있으나, 중인 이하는 높은 것을 말해줄 수 없다.

> 『論語集註』, 〈雍也〉19. 子曰 中人以上 可以語上也 中人以下 不可以語上也

공자의 말에서, 스승이 제자를 가르치는 관점이 드러난다. 중등(中等) 이하의 자질을 가진 학습자에게 갑자기 너무 높은 것을 말해주면 그 학습자는 내용을 제대로 이해할 수가 없다. 비록 자질에 맞지 않은 높은 수준의 말을 들어서 등급(等級)을 높인다고 할지라도, 결국 자기 몸에 절실하지 못한 폐단으로 하등(下等)에 그치게 된다. 이 말은 사람을 가르치는 자는 반드시 상대방의 자질에 따라서, 그

교육 내용을 달리 구성할 필요가 있음을 뜻한다. 그러므로 학습자가 미칠 수 있는 정도의 수준을 말해주어, 스스로 간절히 묻고 가까이 생각하여 점차 높고 먼 데로 나아가게 하는 것이다.9)

이 지점에서 바로 현대의 수준별 교육과의 연관성을 읽을 수 있다. 수준별 교육이 학생 개개인의 능력·적성·흥미 등에 대한 개인차를 고려한 개별화된 학습자 중심교육이라면 공자는 이미 수준별 교육을 실천했던 셈이다.

> **사마우:** 인이란 무엇입니까?
> **공자:** 인자(仁者)는 그 말을 참아서 한다.
> **사마우:** 말을 참아서 하면 그것을 인이라고 이를 수 있습니까?
> **공자:** 그것을 실천하기 어려우니, 말을 참아서 하지 않을 수 있겠
> 는가.

『論語集註』, 〈顔淵〉3. 司馬牛問仁 子曰 仁者其言也訒 曰 其言也

---

9) 『論語集註』, <雍也>19. 張敬夫曰 聖人之道 精粗雖無二致 但其施敎 則 必因其材而篤焉 蓋中人以下之質 驟而語之太高 非惟不能以入 且將妄 意躐等 而有不切於身之弊 亦終於下而已矣 故 就其所及而語之 是乃 所以使之切問近思 而漸進於高遠也 [장경부(張敬夫)가 말하였다. "성 인(聖人)의 도(道)는 정(精)과 조(粗, 거침·대강)가 비록 두 이치가 없으 나 다만 가르침을 베푸는 것은 반드시 그 재질(材質)에 따라 돈독히 한다. 중인(中人) 이하의 자질은 갑자기 너무 높은 것을 말해주면 그 말이 제대로 들어갈 수 없을 뿐만 아니라, 또한 장차 망령된 뜻으로 등급(等級)을 뛰어넘어 자기 몸에 절실하지 못한 폐단이 있어서 또한 하등(下等)에 그치고 말 뿐이다. 그러므로 미칠 수 있는 바에 나아가 말해주는 것이니, 이것이 바로 간절히 묻고 가까이 생각하여 점차 높고 먼 데로 나아가게 하는 것이다."]

訒 斯爲之仁矣乎 子曰 爲之難 言之得無訒乎

사마우(司馬牛)는 이름이 리(犂)이고, 송(宋)나라 사람으로 공자의 제자이다. 둘 사이의 대화에서, 사마우가 평소에 말이 많고 조급한 성격을 가진 사람이라는 것을 미루어 짐작할 수 있다. 사마우의 "인이란 무엇인가?"란 질문에, 공자의 대답은 "말을 참아서 하는 것이다." 다시 사마우, "정말 말을 참아서 하는 것이 인이라고 말할 수 있습니까? 그렇게 쉽습니까?" 공자의 대답, "너(사마우) 수다쟁이인데 말을 참아서 할 수 있어?" 아마 사마우는 인의 도가 지극히 크고 깊다고 생각했는데, 스승으로부터 들은 인은 너무 쉽다고 생각되어 다시 물었을 것이다. 그런데 말이 많은 사마우에게는 하고 싶은 말을 하지 않고 참는 것이 무엇보다 어려운 일이다. 이에 공자는 사마우의 기질에 맞춰 말을 삼가게 하였던 것이다.

자로: (옳은 것을) 들으면 곧 실행해야 합니까?
공자: 부모와 형제가 계시는데, 어찌 들으면 곧 실행할 수 있겠는가?
염유: (옳은 것을) 들으면 곧 실행하여야 합니까?
공자: 들으면 곧 실행해야 한다.
공서화: 자로가 "들으면 곧 실행해야 합니까?"라고 묻자, 스승님께서는 "부모와 형제가 계시다."라고 하셨고, 염유가 "들으면 곧 실행해야 합니까?"라고 묻자, 스승님께서는 "들으면 곧 실행해야 한다."고 대답하셨습니다. 저는 혼란스럽습니다. 감히 (그 까닭을) 묻습니다.
공자: 염유는 물러나므로(소극적이라서) 나아가게 한 것이고, 자로는 앞질러 나가므로 물러가게 한 것이다.

『論語集註』,〈先進〉21. 子路問 聞斯行諸 子曰 有父兄在 如之何
其聞斯行之 冉有問 聞斯行諸 子曰 聞斯行之 公西華曰 由也問聞
斯行諸 子曰有父兄在 求也問聞斯行諸 子曰聞斯行之 赤也惑 敢
問 子曰 求也退 故進之 由也兼人 故退之

　　염유(冉有)와 공서화(公西華)는 모두 노(魯)나라 사람으로, 공자의
제자들이다. 염유는 공자보다 스물아홉 살, 공서화는 마흔두 살이
적었다. 공자와 제자들의 대화에서, 자로(子路)와 염유(冉有)의 질문
은 "(옳은 것을) 들으면 곧 실행해야 합니까?"로 같다. 그런데 공자는
같은 질문에 서로 상반되는 대답을 내놓았다. 이러한 공자의 모순되
는 대답에 공서화(公西華)가 의문이 들어서 다시 물은 것이다.
　　공자가 자로에게 "부모와 형제가 계시기 때문에, 바로 실행할 수
없다."고 대답하였는데, 이는 표면적인 이유에 불과하다. 더 근본적
인 이유는 '좋은 말을 듣고 아직 그것을 실행하지 못했으면 행여
다른 말을 들을까 두려워하는'[10] 자로의 성품을 공자가 알았기 때문
이다. 그리하여 공자는 자로가 실행하려는 뜻이 너무 지나쳐서, 오히
려 옳은 일을 그르칠까 염려되어 물러나게 한 것이다. 반면에 공자가
염유에게는 "(옳은 것을) 들으면 곧 실행해야 한다."고 말했다. 이는
염유의 타고난 성품이 소극적이어서, 마땅히 실행해야 할 일에 있어
서 머뭇거리거나 위축되어 용감하게 하지 못할 것을 근심해서 나아
가게 한 것이다.

　　공자: (안연에게 말하길) 등용되면 (도를) 실천하고 버려지면 (도

---

10) 『論語集註』, <公冶長>13. 子路 有聞 未之能行 唯恐有聞

를) 잘 간직할 사람은 오직 나와 너만이 이것을 가지고 있
다.

자로: 스승님께서는 삼군(三軍)을 통솔하신다면 누구와 함께 하
시겠습니까?

공자: 맨손으로 범을 잡으려 하고 맨몸으로 강하(江河)를 건너려
하여 죽어도 후회함이 없는 사람과는 나는 함께 하지 않는
다. 반드시 일에 임하여 두려워하고 도모하기를 좋아하여
성공하는 사람과 함께 할 것이다.

『論語集註』, 〈述而〉10. 子謂顔淵曰 用之則行 舍(捨)之則藏 惟我
與爾有是夫 子路曰 子行三軍 則誰與 子曰 暴虎馮河 死而無悔者
吾不與也 必也臨事而懼 好謀而成者也

어느 날 스승인 공자가 안연(顔淵)의 공부를 칭찬하였다. 이 말을
들은 자로가 스승이 유독 안연만을 예쁘게 여긴다고 생각하여, 자신
의 용맹을 스스로 자신하여 공자께 "만약 삼군을 통솔하신다면 누구
와 함께 하시겠습니까?"라고 묻는다. 공자는 자로의 기질을 알았기
때문에, 용맹만을 내세우는 사람과는 함께 하지 않겠다고 대답한다.
이는 자로의 용맹을 억제하여 가르치려고 한 것이다.

8. 일이관지(一以貫之)한 스승과 무지한 스승

하나의 이치로 모든 사물을 꿰뚫는다.
전체는 전체 안에 있다.

　공자는 하나의 이치로 모든 사물을 꿰뚫은 일이관지(一以貫之)한 스승이다. 앞에서도 언급했듯이, 공자는 인(仁) 사상을 바탕으로 제자들의 수준과 자질에 맞는 대화나 문답을 통해 교육을 했다. 공자는 제자들의 장점에 따라 사과(四科-덕행, 언어, 정사, 문학)로 나누었다. 덕행(德行)에 뛰어난 제자는 안연(顏淵), 민자건(閔子騫), 염백우(冉伯牛), 중궁(仲弓)을 꼽았다. 그리고 언어(言語)엔 재아(宰我)와 자공(子貢)을, 정사(政事)엔 염유(冉有)와 계로(季路)를, 문학(文學)엔 자유(子游)와 자하(子夏)를 언급했다. 바로 공문십철(孔門十哲)이라 일컫는 제자들로, 공자의 가르침이 제자들의 자질에 따랐음을 알 수 있다.

　　공자: 사(賜)야, 너는 내가 많이 배우고 그것을 기억하는 자라고
　　　　 여기느냐?
　　자공: 그렇습니다. 아닙니까?

공자: 아니다. 나는 하나의 이치가 모든 사물을 꿰뚫는다.(一以貫
之)

『論語集註』, <衛靈公>2. 子曰 賜也 女以予爲多學而識之者與 對
曰 然 非與 曰 非也 予一以貫之

공자: 삼(參)아! 나의 도(道)는 한 가지 리(理)가 만 가지 일을
꿰뚫고 있다.(一以貫之)
증자: 예, 알겠습니다.
공자가 나가자, 문인들이 증자에게 물었다.
문인들: 무슨 말씀입니까?
증자: 스승님의 도(道)는 충(忠)과 서(恕)일 뿐입니다.

『論語集註』, <理仁>15. 子曰 參乎 吾道 一以貫之 曾子曰 唯 子出
門人問曰 何謂也 曾子曰 夫子之道 忠恕而已矣

사(賜)와 삼(參)은 모두 공자의 제자이다. 증삼(曾參)은 노(魯)나라
사람으로, 자여(子輿)는 그의 자(字)이다. 그는 공자보다 마흔여섯
살이 적었다. 공자는 그가 효성이 지극하다고 여겨 가르침을 베풀어
『효경(孝經)』을 짓게 했다. 그는 노나라에서 삶을 마쳤다. 공자의 도
는 증삼에게, 그리고 공자의 손자인 자사(子思)를 거쳐 맹자에게 전
해진다. 그런데 증삼은 공자의 도를 전수했음에도 공문십철에는 들
지 못했다.

공자와 자공, 공자와 증자와의 대화 내용에서 우리는 두 가지를
확인할 수 있다. 첫째는 공자의 수준별 교육에 관한 것이다. 공자와
자공 간의 대화를 보면, 공자는 "너는 내가 많이 배우고 그것을 기억

하는 자라고 여기느냐?"라고 물어서 자공에게 의문을 유발하고 있다. 이런 질문을 하게 된 이유는 자공에게 학문하는 방법의 근본을 깨우쳐 주기 위함일 것이다. 아마도 평소에 자공의 공부가 근본에 대한 탐구보다 많이 배우고 그것을 잘 기억하는 것에 힘쓰거나, 또는 자공의 공부 자질이 그러한 능력을 가진 모양이다. 이와 달리 증자에게는 같은 지식의 내용을 가르치는데, 질문을 통하지 아니하고 핵심을 직접적으로 전달한다. 공자는 많은 제자들 중에서 증자를 불러서 "나의 도(道)는 한 가지 리(理)가 만 가지 일을 꿰뚫고 있다."라고 말한다. 이에 증자는 바로 "예"라고 대답한다. 그 자리에 있던 제자들 중에서 증자를 제외하고는 공자가 말한 '일이관지(一以貫之)'에 대해서 전혀 이해를 하지 못한 것이다. 그리하여 공자가 나가자, 문인들이 증자에게 스승이 말한 의미에 대해서 다시 물은 것이다. 이에 증자는 "공자의 도는 충서(忠恕)일 뿐이다."라고 대답한다. 위의 두 대화에서 공자는 제자들의 자질에 따라 가르치는 방식을 달리했음을 알 수 있다.

둘째로, 공자는 학문의 근본에 대해서 밝히고 있다. 제자들은 스승인 공자의 학문이 깊고 넓은 이유가 당연히 많이 배우고 그것을 잘 기억하는 것이라고 여겼다. 그러나 공자는 학문의 근본이 박학(博學)에 힘쓰는 것이 아니라, '하나의 이치로 모든 사물을 꿰뚫는(一以貫之)' 것에 있음을 가르치고 있다. 결국 공자의 사상과 행동이 일이관지라는 하나의 원리로 통일되어 있다는 것을 뜻한다. 그것은 인(仁)이며, 증자가 그것을 충서(忠恕)[1]로 해석한 것은 자기 내면의 마음을

---

1) 『中庸章句』, 13. 忠恕 違道不遠 施諸己而不願 亦勿施於人 [충서(忠恕)

다하는 충(忠)과 사회적 관계에서 자기 마음을 미루어 남에게 미치는 서(恕)가 인(仁)에 이르는 길이기 때문이다.2)

는 도(道)와 거리가 멀지 않으니, 자기 몸에 베풀어 자기가 원하지 않는 것을 또한 남에게 베풀지 말라.] 盡己之心爲忠 推己及人爲恕 違 去也 如春秋傳齊師違穀七里之違 言 自此至彼 相去不遠 非背而去之之謂也 道 卽其不遠人者是也 施諸己而不願 亦勿施於人 忠恕之事也 以己之 心 度人之心 未嘗不同 則道之不遠於人者 可見 故 己之所不欲 則勿以 施於人 亦不遠人以爲道之事 張子所謂以愛己之心愛人則盡仁 是也 [자기의 마음을 극진히 다하는 것이 충(忠)이고, 자신을 미루어 남에게 미쳐가는 것이 서(恕)이다. 위(違)는 거리이니, 『춘추전(春秋傳)』에 이른바 '제(齊)나라 군대가 곡(穀)땅에서 7리(里)쯤 떨어져 있다.'는 違와 같으니, 여기로부터 저기에 이름에 상거(相去, 거리)가 멀지 않음을 말한 것이요, 위배하여 떠남을 말한 것이 아니다. 도(道)는 바로 사람에게서 멀리 있지 않음을 말한 것이 이것이다. 자기 몸에 베풀어 자기가 원하지 않는 것을 또한 남에게 베풀지 않는 것은 충서(忠恕)의 일이다. 자기의 마음으로 남의 마음을 헤아려보면 일찍이 똑같지 않음이 없으니, 그렇다면 도(道)가 사람에게 멀리 있지 않음을 알 수 있다. 그러므로 자기가 하고자 하지 않는 것을 남에게 베풀지 말라는 것이니, 이 또한 사람을 멀리하지 않고 도(道)를 하는 일이다. 장자(張子)의 이른바 '자기를 사랑하는 마음으로 남을 사랑하면 인(仁)을 다한다.'는 것이 이것이다.]

2) 『論語集註』, <理仁>15. 程子曰 以己及物 仁也 推己及物 恕也 違道不 遠 是也 忠恕一以貫之 忠者天道 恕者人道 忠者無妄 恕者所以行乎忠 也 忠者體 恕者用 大本達道也 此與違道不遠異者 動以天爾 [정자(程子)가 말씀하셨다. "자신으로써 남에게 미침은 인(仁)이요, 자기 마음을 미루어서 남에게 미침은 서(恕)이니, 중용(『中庸』)의 '충(忠)과 서(恕)는 도(道)와 거리가 멀지 않다.'는 것이 이것이다. 충과 서는 일이관지(一以 貫之)이니, 충은 천도(天道)이고 서는 인도(人道)이며, 충은 거짓됨이 없는 것이고 서는 충을 행하는 것이다. 충은 체(體)요 서는 용(用)이니, 대본(大本)과 달도(達道)이다. 이것이 (『中庸』의) '충서는 도에서 멀지 않다.'와 다른 것은 동하기를 天(자연)으로 하기 때문이다."]

그러던 어느 날 호(濩)는 한밤중에 집으로 허겁지겁 달려왔어요.
"어머니, 접니다. 호가 돌아왔어요!"
방안에서 떡을 썰고 있던 어머니는 깜짝 놀랐지만, 호를 반기지
않았어요.
"어머니의 아들 호가 공부를 마치고 돌아왔습니다!"
"네가 공부를 마쳤다니, 어디 그 솜씨를 좀 보자꾸나. 등잔불을
끄고 나는 떡을 썰 테니 너는 글을 쓰거라."
말을 마친 어머니는 등잔불을 끄고 떡을 썰기 시작했어요.
이윽고 어머니가 등잔불을 켠 순간, 호는 부끄러워 고개를 들
수 없었답니다.
어머니의 떡은 크기와 모양이 똑같았는데, 자기의 글씨는 삐뚤삐
뚤 춤을 추는 게 아니겠어요?[3]

위의 예문은 조선시대 추사 김정희와 쌍벽을 이루는 서예가로 이
름난 석봉(石峯) 한호(韓濩)에 관련된 유명한 일화이다. 석봉은 그의
호(號)이다. 한석봉의 어머니는 스님에게 10년 동안 아들의 공부를
맡겼는데, 아들은 기한을 채우지 못하고 한밤중에 스님 몰래 절을
빠져나와서 그리운 어머님을 찾았던 것이다. 이에 석봉의 어머니가
아들의 공부 정도를 가늠하기 위해 등잔불을 끈 상태에서, 어머니는
떡을 썰고 아들은 글을 쓰는 겨루기가 성사된 장면이다. 이 사건은
한석봉이 조선 최고의 명필가 반열에 오르게 되는 중요한 계기가
되었다.
어머니는 한석봉에게 든든한 후견인이자 스승이었다. 떡을 팔아

---

3) 권미자(글)·권영묵(그림), 『어둠 속에서도 빛나는 명필, 한석봉』, 한국
헤밍웨이, 2006, 12-13쪽.

겨우 살아가는 가난한 살림임에도, 아들의 학문적 성취를 위해서 후견인 역할을 했다. 그리고 아들의 공부가 부족함을 알아보는 안목! 그 부족함을 본 순간, 사랑스런 아들에게 밥 한 끼 먹이고 다시 절로 돌려보내는 단호함! 스스로 한계를 그어 포기하려는 아들에 대한 엄혹한 꾸짖음! 무엇보다 아들의 부족함을 스스로 발견하게 하고, 다시 공부에 정진할 수 있도록 마음을 내게 만든 위대한 스승이었다. 그 스승의 모습은 어쩌면 일이관지한 스승은 아니었을까?

한석봉의 어머니는 등잔불을 끄고 떡을 썰었음에도, 그 크기와 모양을 똑같게 써는 경지에 도달한 떡 썰기의 달인이었다. 한갓 떡 썰기에 불과할지도 모를 미천한 일과 고귀한 글쓰기를 꿰뚫는 이치가 결국 같은 원리임을 통찰한 스승이었다. 떡 썰기와 글쓰기, 그 모두에서 지극한 경지에 도달하기 위해서는 적극적인 의지나 강한 의욕이 필요하다는 '일이관지(一以貫之)'에 대한 깨달음!

1818년에 루뱅 대학 불문학 담당 외국인 강사가 된 조제프 자코트는 어떤 지적 모험을 했다. (…) 네덜란드 왕의 관대함 덕분에 (정교수가 받는) 월급의 반을 받는 강사직을 얻을 수 있었다. (…) 수업을 들으려던 학생들 중 다수가 프랑스어를 몰랐다. 조제프 자코트 역시 네덜란드어를 조금도 몰랐다. 따라서 학생들이 그에게 주문하는 것을 가르칠 수 있는 언어가 전혀 없었다. 하지만 자코트는 학생들의 소원을 들어주고 싶었다. 그러려면 학생들과 그 사이에 공통된 어떤 것/사물로 된 최소한의 연결고리를 맺어야 했다. 그런데 그때 브뤼셀에 (페늘롱이 쓴) <텔레마코스의 모험>의 프랑스-네덜란드어 대역판이 출간되었다. (…) 자코트는 통역하는 사람을 시켜 학생들에게 그 책을 건네주면서, 학생들에게 네덜란드어 번역문을 사용해서 프랑스어 텍스트를 익히라고 주

문했다. 학생들이 제1장의 반 정도에 이른 직후 그는 학생들이
익힌 것을 쉼 없이 되풀이하고, (외운 부분 말고 책의) 나머지는
이야기할 수 있을 만큼만 읽으라고 시켰다. 이는 임시변통의 해결
책이었다.[4]

위의 인용문은 자크 랑시에르의 『무지한 스승』에서 조제프 자코트
의 어떤 지적 모험에 관한 일화인데, 네덜란드어를 모르는 스승 자코
트와 프랑스어를 모르는 학생들 사이의 교수-학습에 관한 내용이다.
자코트는 그의 학생들에게 프랑스어의 가장 기본적인 것(철자법, 동
사 변화)도 설명해 주지 않았다. 그런데 학생들은 프랑스 단어와 그
단어들의 어미 변화하는 이치를 혼자서 찾아냈고, 단어들을 조합하
여 프랑스어 문장을 만드는 법을 스스로 익혔다. 더구나 그들이 구사
하는 문장은 초등학생 수준이 아니라 작가 수준이었다.

일반적으로 교육은 지식을 전달하는 동시에 정신을 형성하는 활동
이다. 그것은 잘 짜인 수업계획서에 따라, 교수-학습 과정에서 이루어
진다. 교수-학습 과정에서 학생은 앎을 체계적으로 습득하고 판단과
취향을 형성하게 된다. 그리고 학생은 스승이 제시한 교육목표를 성
취하는 과정에서 성장하게 된다.

이러한 교수-학습은 '설명'을 매개로 이루어진다. 자크 랑시에르는
설명자(스승)가 가진 체계의 논리를 뒤집어야 한다고 주장한다. 이해
하지 못하는 무능력을 바로잡기 위해 설명이 꼭 필요한 것은 아니다.
무능력이란 설명자의 세계관이 만들어낸 허구이다. 설명자는 무능한

---

4) 자크 랑시에르 지음·양창렬 옮김, 『무지한 스승』, 궁리, 2009, 9-11쪽.

8. 일이관지(一以貫之)한 스승과 무지한 스승 **79**

자를 필요로 한다. 누군가에게 무언가를 설명한다는 것은 먼저 상대가 혼자 힘으로 그것을 이해할 수 없음을 그에게 증명하는 것이다. 따라서 설명은 교육학이 만든 신화이다. 그것은 유식한 정신과 무지한 정신, 성숙한 정신과 미숙한 정신, 유능한 자와 무능한 자, 똑똑한 자와 바보 같은 자로 분할되어 있는 세계의 우화인 것이다. 결국 교육학의 신화는 지능을 열등한 지능과 우월한 지능으로 분할한다.[5]

스승은 우월한 지능을 가졌기 때문에 자신이 가지고 있는 지식을 학생의 지적 능력에 맞추어 전달할 수 있고, 또 학생이 배운 것을 잘 이해했는지 검증할 수 있다. 인간, 특히 아이는 자신의 길을 계속 걸어갈 수 있을 만큼 의지가 충분히 강하지 않을 때 스승이 필요할 수 있다. 그러나 그것은 순전히 한 의지가 다른 의지에 예속되는 것이다. 이것이 설명의 원리이다. 예속이 하나의 지능과 다른 지능을 연결할 때, 그것은 '바보 만들기'가 된다.

자코트는 의지와 지능의 관계를 재배치함으로써 '해방하는 스승'이자 '무지한 스승'이 되었다. 자코트가 만든 교수-학습 상황에서 학생은 하나의 의지(자코트의 의지)에 연결되고, 하나의 지능(책의 지능)에 연결된다. 의지가 다른 의지에 복종한다 할지라도, 한 지능의 행위가 바로 자신의 지능에만 복종하는 것이 해방인 것이다. 자코트

---

5) 열등한 지능은 지각을 무작위로 등록하고, 기억해두고, 해석하고, 습관과 욕구의 좁은 고리 안에서 경험을 통해 되풀이한다. 이것이 어린아이와 보통 사람이 가진 지능이다. 우월한 지능은 사물들을 이성으로 인식한다. 그것은 방법에 따라, 간단한 것에서 복잡한 것으로, 부분에서 전체로 나아간다.(자크 랑시에르 지음·양창렬 옮김, 앞의 책, 19-20쪽.) 이후의 무지한 스승에 관한 내용은 자크 랑스에르의 주장을 인용한 것으로, 인용 쪽수를 생략한다.

의 학생들은 설명하는 스승 없이도 전에 알지 못했던 프랑스어를 배웠다. 그러므로 자코트는 학생들에게 프랑스어에 관련된 어떤 지식도 전달하지 않고, 무언가를 가르쳤다.

무지한 스승! 랑시에르는 무지한 스승의 뜻을 다음과 같이 정리했다. 첫째, 무지한 스승은 학생에게 가르칠 것을 알지 못하는 스승이다. 둘째, 무지한 스승은 어떤 앎도 전달하지 않으면서 다른 앎의 원인이 되는 스승이다. 셋째, 불평등을 축소하는 수단들을 조정한다고 자처하는 불평등의 사유를 모르는 스승이다. 그리고 스승이 모르는 것을 가르칠 수 있는 까닭은 '전체는 전체 안에 있다.'라는 공리에 의해서 지지된다. '전체는 전체 안에 있다.'의 핵심은 누구나 여러 대상들 사이의 관계를 파악하고 그것을 이미 알고 있던 것과 연관시킬 수 있는 지능을 가지고 있다는 것이다. 전체 속의 임의의 점, 어느 한 책에서 출발하더라도 이미 그것은 모든 것과 연결되어 있다. 그리고 전체 안에 전체가 있는 이유는 바로 인간이 만들어낸 그 모든 것들이 동일한 지능의 작품이기 때문이다.

공자와 한석봉의 어머니, 그리고 조제프 자코트는 일이관지한 스승과 무지한 스승이라는 양극단에 선 스승의 모습이다. 어쩌면 두 스승의 모습은 서로 모순되는 것이 아니라(랑시에르가 주장한 무지한 스승이 현실에서 보편적으로 가능하다면), '전체는 전체 안에 있기 때문에 일이관지(一以貫之)할 수 있다.'라는 점에서 서로 만나고 있는 것은 아닐까?

9. 스승의 가르침과 제자의 배움

한 귀퉁이를 들어줌에 이것을 가지고 남은 세 귀퉁이를 반증하지 않으면
다시 가르쳐주지 않는다.

　　스승과 제자, 그 각자의 역할은 어디까지일까? 보통 학교에서 스승
과 제자의 관계는 교육을 매개로 맺어진다. 스승의 가르침에 제자는
'진실로 어느 날에 새로워졌거든 나날이 새롭게 하고, 또 나날이 새롭
게 해야 한다.'[1] 탕왕(湯王)은 이 글을 대야(盤)에 새겼는데, 사람이
그 마음을 깨끗이 씻어서 악(惡)을 제거하는 것이 마치 그 몸을 목욕
하여 때를 버리는 것과 같다고 여겼기 때문이다. 스승과 제자가 항상
새로워지기 위해서는 '묵묵히 기억하며 배움에 있어 싫어하지 않고,
다른 사람을 가르침에 게을리 하지 않아야 한다.'[2]

　　그런데 스승의 가르침과 제자가 배우는 과정에도 서로의 예(禮)가
있어야 하니, '한 그릇의 밥과 한 그릇의 국을 얻으면 살고 얻지 못하
면 죽더라도, 혀를 차고 꾸짖으면서 주면 길 가는 사람도 받지 않으며
발길로 차서 주면 걸인(乞人)도 좋게 여기지 않기'[3] 때문이다. 현대

---

1) 『大學章句』, 〈傳文〉2. 苟日新 日日新 又日新
2) 『論語集註』, 〈述而〉2. 子曰 黙而識之 學而不厭 誨人不倦 何有於我哉

의 사제(師弟)관계뿐만 아니라 다양한 인간관계에서도 한 번 눈여겨
볼만한 구절이 아닐까.

> **공자:** 바르게 타이르는 말은 따르지 않을 수 있겠는가. 자신의
> 잘못을 고치는 것이 중요하다. 완곡하게 해주는 말은 기뻐
> 하지 않겠는가. 그 실마리를 찾는 것이 중요하다. 기뻐하기
> 만 하고 실마리를 찾지 않으며, 따르기만 하고 잘못을 고치
> 지 않는다면 내 그를 어찌할 수가 없다.

『論語集註』, 〈子罕〉23. 子曰 法語之言 能無從乎 改之爲貴 巽與
之言 能無說乎 繹之爲貴 說而不繹 從而不改 吾末如之何也已矣

스승이 제자를 바른 말로 타이르고 완곡한 말로 인도해 준다면,
제자는 스승을 따르고 또한 기뻐해야 한다. 그러나 스승이 예(禮)를
갖춰 자애로운 말로 가르치더라도 제자가 자신의 잘못을 고치지 않
거나 실마리를 찾지 않는다면, 스승으로서도 어찌할 도리가 없다.
제자는 스승의 자애로운 가르침 속에 서릿발 같은 엄격함이 있음을
깨달아야 한다.

『논어』의 내용이 엄숙하다거나 한물가서 고루하다는 등의 생각으
로 읽기 목록에서 빼버린다면 이는 스스로 깨우침의 기회를 저버리
게 되는 것이다. 『논어』는 현대적 시각으로 보아도 충분히 스승으로
삼아서 배울 깨우침이 담겨있는 고전일 뿐만 아니라, 행간에서 웃음
이 묻어나기도 한다. 아래 두 예문은 『논어』에서 발췌한 것인데, 공자

---

3) 『孟子集註』, 〈告子章句 上〉10. 一簞食 一豆羹 得之則生 弗得則死 嘑爾
而與之 行道之人 弗受 蹴爾而與之 乞人 不屑也

가 제자에게 신뢰를 잃지 않으려 노력(?)하는 모습에서 읽는 독자로
하여금 입가에 웃음을 짓게 만드는 다소 희극적인 장면이다.

> 공자께서 남자(南子)를 만나자, 자로가 기뻐하지 않았다.
> **공자:** (맹세하여 말씀하시길) 내 맹세코 잘못된 짓을 하였다면
>   하늘이 나를 싫어하시리라, 하늘이 나를 싫어하시리라.

> 『論語集註』, 〈雍也〉26. 子見南子 子路不說 夫子矢之曰 予所否者
> 天厭之 天厭之

남자(南子)는 위(衛)나라 영공(靈公)의 부인이었는데, 행실이 음란
하다는 소문이 있었다. 공자가 위나라로 갔을 때, 남자가 공자를 만나
기를 청하였다. 공자는 여러 번 만나기를 사절하다가 부득이 그녀를
만났다. 당시에는 그 나라에서 벼슬하면 그 소군(小君, 임금의 부인)
을 뵙는 예(禮)가 있었기 때문이다. 자로(子路)는 스승인 공자가 음란
한 여자를 만나는 것을 치욕으로 여겼기 때문에, 기뻐하지 않았던
것이다. 이러한 제자 자로의 반응에 스승은 하늘에 맹세한다. "내
잘못된 짓을 했다면 하늘이 나를 싫어하시리라."

> 공자께서 무성(武城)에 가시어 현악(弦樂)에 맞추어 부르는 노래
> 를 들으셨다.
> **공자:** 빙그레 웃으시며, 닭을 잡는 데에 어찌 소 잡는 칼을 쓰느
>   냐?
> **자유:** 예전에 제가 스승님께 들으니, "군자(君子, 벼슬아치)가 도
>   (道)를 배우면 사람을 사랑하고 소인(小人, 백성)이 도를
>   배우면 부리기 쉽다."고 하셨습니다.

공자: 얘들아, 자유의 말이 옳으니, 방금 전에 내가 한 말은 농담이
었다.

『論語集註』,〈陽貨〉4. 子之武城 聞弦歌之聲 夫子莞而而笑 曰 割
鷄焉用牛刀 子游對曰 昔者 偃也聞諸夫子曰 君子 學道則愛人 小
人 學道則易使也 子曰 二三子 偃之言是也 前言戲之耳

자유(子游)는 오(吳)나라 사람으로 성은 언(言)이고, 이름은 언(偃)
이다. 자유는 그의 자(字)이며 공자보다 마흔다섯 살이 적었다. 자유
는 공자의 가르침을 받고 무성(武城)의 읍재(邑宰)가 되었다. 그는
예악(禮樂)으로 백성을 가르쳤기 때문에, 제자를 방문한 스승 공자를
위해서 현악(弦樂)에 맞추어 노래를 불렀다. 공자가 노래를 들으며,
"이렇게 작은 고을을 다스리는데 어찌 이런 큰 도(道, 禮樂)를 쓸
필요가 있느냐?" 스승의 말을 들은 자유, "군자가 도를 배우면 사람
을 사랑하고 소인이 도를 배우면 부리기 쉽다는 것은 스승님의 가르
침이 아니었습니까?" 자유는 다스림에 크고 작은 차이는 있으나, 다
스림에 있어 반드시 도(道, 예악)을 써야 한다는 스승의 가르침을
실천하고 있었다.

제자는 스승의 가르침을 배우는 것에서 끝내는 것이 아니라, 그
내용을 실천하는 것이 중요하다. 그런데 배우는 것도 쉽지 않거니와
실천하는 것은 더욱 어렵다. 당시에 다스리는 지위에 있는 대부분의
사람들은 예악(禮樂)을 쓰지 않았는데, 자유만이 스승의 가르침을
실천에 옮겼던 것이다.

여기서 우리는 스승이 틀렸을 때, 어떻게 처신해야 하는지를 알
수 있다. 공자는 제자의 반문에 자신이 틀렸음을 알아차렸다. 스승은

제자 앞에서 자신의 부족함을 인정하는데, 주저하거나 두려움이 없었다.

> **공손추:** (스승님의) 도(道)는 높고 아름다우나 마땅히 하늘에 오르는 것과 같아서 (제가) 따라갈 수 없을 듯하니, 어찌하여 저들로 하여금 거의 미칠 수 있다고 여기게 해서 날마다 부지런히 힘쓰게 하지 않습니까?
>
> **맹자:** 큰 목수는 졸렬한 목공(木工)을 위하여 먹줄과 먹통을 고치거나 폐하지 않으며, 예(羿)는 졸렬한 사수(射手)를 위하여 활시위를 당기는 기준(率)을 변경하지 않는다. 군자는 활시위를 당기고도 쏘지 않으나 약여(躍如)하여 중도(中道)에 서 있으면 능히 할 수 있는 자가 그것을 따르는 것이다.

『孟子集註』,〈盡心章句 上〉41. 公孫丑曰 道則高矣美矣 宜若登天然 似不可及也 何不使彼 爲可幾及而日孶孶也 孟子曰 大匠 不爲拙工 改廢繩墨 羿不爲拙射 變其彀率 君子引而不廢 躍如也 中道而立 能者從之

맹자의 제자인 공손추(公孫丑)가 스승에게 묻는다. "스승님의 가르침(道)은 매우 높고 아름답습니다. 그런데 마치 하늘에 오르는 것과 같이 너무 어려워서 따라갈 수가 없습니다. 만약 저희가 따라갈 수 있는 기준을 제시하신다면 배우는 자들이 더욱 노력하지 않겠습니까?"라는 공손추의 질문에, 맹자는 대목수와 예(羿, 중국의 전설적인 궁수)는 졸렬한 제자(졸렬한 목공과 사수)를 위해서 기준을 변경하지 않는다고 말한다.

스승의 가르침은 마치 사대에 오른 궁수와 같은데, 스승의 역할은 활시위를 당기기만 하고 발사하지 않는다. 활시위를 떠난 활이 과녁에 명중되는가의 여부(與否)는 중요하지 않다. 제자는 사대에 선 스승의 '약여'(躍如, 눈앞에 생생하게 나타는 모양)한 모습(기준)을 보고 배운다. 스승은 제자에게 궁술의 기준(원칙)을 전수해 줄 뿐, 그것을 터득하는 묘(妙)는 말해주지 않는다. 따라서 제자는 스승이 보여준 기준에 따라 활쏘기의 묘를 스스로 힘써 터득해야만 한다.

> **공자:** 마음속으로 통하려고 노력하지 않으면 열어주지 않으며, 애태워하지 않으면 말해주지 않는다. 한 귀퉁이를 들어줌에 이것을 가지고 남은 세 귀퉁이를 반증(反證)하지 않으면 다시 가르쳐주지 않는다.

『論語集註』, 〈述而〉8. 子曰 不憤不啓 不悱不發 擧一隅 不以三隅反 則不復也

공자는 스승과 제자의 역할을 네 귀퉁이가 있는 물건으로 비유하여 전경화 시켰다. 네 개의 다리가 있는 탁자가 있다면, 스승은 하나의 다리를 들어주고 나머지 세 개의 다리를 들어 보이는 것은 제자의 몫이 된다.

정이천(程伊川)이 말하길, '분(憤, 마음으로는 통하려고 하나 되지 않아서 애태운다는 뜻)과 비(悱, 입으로 말하려고 하나 능하지 못하여 애태우는 모양)의 성의(誠意)는 안색(顔色)과 말에 나타나게 된다. 성의가 지극하기를 기다린 뒤에 알려주고, 알려주었으면 또 반드시 스스로 터득하기를 기다려서 다시 알려준다. 분비(憤悱)함을 기다리지 않고 말해주면 아는 것이 견고하지 못하고, 분비하기를 기다린 뒤에 알려주면 확연히 깨닫게 된다.'

10. 학습자의 공부 시기와 결실(結實)

군자는 일생을 마칠 때까지 (자신의) 이름이
일컬어지지 않음을 싫어한다.[1]

학생은 나이가 젊고 힘이 강하기 때문에 충분히 학문을 쌓는다면 앞날에 모든 가능성이 실현될 수 있다. 그리고 사람이 어려서 배우는 이유는 장성해서 그것을 실행하기 위한 것이다. 공자가 '뒤에 태어난 사람이 두려울 만하다. 그러나 40, 50세가 되어도 알려짐이 없으면 이 또한 두려울 것이 없다.'[2]거나 '군자는 일생을 마칠 때까지 (자신의) 이름이 일컬어지지 않음을 싫어한다.'는 말을 통해서, 우리는 공부에 적절한 시기가 있다는 것과 공부의 결실이 중요함을 알 수 있다.

학습자의 공부 시기와 마음가짐

우리는 '공부는 때가 있다.'라는 말을 자주 하거나 듣게 된다. 이

---

1) 『論語集註』, 〈衛靈公〉19. 子曰 君子 疾沒世而名不稱焉
2) 『論語集註』, 〈子罕〉22. 子曰 後生可畏 焉知來者之不如今也 四十五十
   而無聞焉 斯亦不足畏也耳

말에는 나이가 어린 학생은 습득이 빠르고, 또한 오로지 공부에 몰두할 수 있는 시기라는 의미가 내재되어 있다. 그러니 공부에 게으른 학생에게 항상 '공부는 때가 있다.'라는 말을 하게 된다. 맞는 말이다.

그렇다면 공부할 적당한 시기를 놓친 학생은 어떠한 상황에 놓이게 될까? 우리는 나이가 들어 뒤늦게 공부하는 학생을 만학도(晚學徒)라도 부른다. 우선 만학도의 공부에 가장 큰 어려움은 스승으로부터 다듬어질 기회가 적어진다는 것이다. 만학도와 나이 어린 학생에게 가르치는 스승의 말에는 차이가 있다. 만일 만학도가 깨닫지 못하는 점이 있을 때, 스승의 가르치는 말에는 완곡하고 부드러움이 묻어난다. 만학도가 스승의 완곡한 말을 알아차리지 못하면 결국 그는 다듬어질 기회를 잃어버리게 된다.

다음으로 만학도의 공부는 짧은 성숙 시간을 갖게 된다. 공부할 적기에 공부할 내용들을 놓치게 되면, 만학도는 속성의 공부를 하게 된다. 어린 시기에 많은 독서를 한 학생은 비록 그 당시에는 모두 이해하지 못했다고 하더라도, 성장과정의 긴 시간 속에서 책의 내용을 스스로 터득하게 되고 몸으로 익히게 된다. 만학도의 공부는 이런 기회를 잃게 된다. 모든 일에는 장단이 있겠지만, 가능하면 공부의 시기는 놓치지 않는 것이 좋겠다.

> **맹자:** 지금 바둑의 기예가 작은(하찮은) 기예이나 마음을 오로지 하고 뜻을 다하지 않으면 터득하지 못한다. 혁추(奕秋)는 나라를 통틀어 바둑을 잘 두는 자이다. (만일) 혁추로 하여금 두 사람에게 바둑을 가르치게 했는데 그중에 한 사람은 마음을 오직 한 곳에 집중하여 오직 혁추의 말을 듣고, (다른) 한 사람은 비록 듣기는 하나 마음 한편에 기러기와 큰

새가 장차 이르거든 활과 주살을 당겨서 쏘아 맞힐 것을 생각하기만 한다면 비록 그와 함께 배운다 하더라도 그만 못할 것이니, 이것은 그 지혜가 그만 못해서인가? 그렇지 않다.

『孟子集註』,〈告子章句 上〉9. 今夫奕之爲數 小數也 不專心致志 則不得也 奕秋 通國之善奕者也 使奕秋 誨二人奕 其一人 專心致 志 惟奕秋之爲聽 一人 雖聽之 一心以爲有鴻鵠將至 思援弓繳而 射之 雖與之俱學 弗若之矣 爲是其智弗若與 曰非然也

우리는 중요한 일도 잊어버린 채 재미있는 일이나 놀이에 시간 가는 줄 모를 때, '신선놀음에 도끼자루 썩는 줄을 모른다.'라는 말을 하게 된다. 이 속담에서 말하는 신선놀음이 바로 바둑이다. 그러니 당시 공부하는 사람에게 바둑은 하찮은 기예 정도로 인식되었다.

혁추(奕秋)는 나라에서 바둑을 제일 잘 두는 사람인데, 그로 하여 금 배우는 마음가짐이 전혀 다른 두 사람을 가르치게 한다고 하자. 한 사람은 오직 혁추의 가르침에만 마음을 쏟아서 한 곳에 집중(전심 치지, 專心致志)하는 사람이고, 또 다른 사람은 혁추의 가르침을 듣 기는 하나 마음 한편으로 사냥할 생각(잡생각)을 하는 사람이다. 비 록 두 사람이 같은 시공간에서 배운다고 하더라도, 그 성취의 정도는 큰 차이가 날 것이다. 그것은 지혜가 모자라서가 아니라, 배우는 자의 의지에 따라 달라질 수 있는 것이다.

조교: 사람이 모두 요순(堯舜)이 될 수 있다고 하는데, 그러한 말이 있습니까?
맹자: 그렇소.

조교: 제가 듣기로 문왕(文王)은 (키가) 10척이고, 탕(湯)은 9척이었다고 하는데, 지금 저는 9척 4촌이 되지만 곡식만 먹을 뿐이니, 어떻게 하면 좋습니까?

맹자: 어찌 이런 것에 달려있겠소? 단지 그것을 실천하면 될 뿐이요. 여기에 어떤 사람이 있는데, 힘이 한 마리 오리 새끼를 이길 수 없다면 힘이 없는 사람이 되고, 이제 백균(百鈞)을 든다고 한다면 힘이 있는 사람이 될 것이오. 그렇다면 오확(烏獲)이 들던 짐을 든다면 이 또한 오확(烏獲)이 될 뿐이오. 무릇 사람이 어찌 이기지 못함을 (미리) 걱정하겠소. 스스로 하지 않으려 할 뿐이오. 천천히 걸어서 장자(長者)보다 뒤에 감을 공경한다고 말하고 빨리 걸어서 장자보다 앞서 감을 공경하지 않는다고 말하니, 천천히 걸어가는 것이 어찌 사람들이 능히 할 수 없는 것이겠소? 스스로 하지 않는 것이오.

『孟子集註』,〈告子章句 下〉2. 曹交問曰 人皆可以爲堯舜 有諸 孟子曰 然 交聞 文王十尺 湯九尺 今交九尺四寸以長 食粟而已 如何則可 曰 奚有於是 亦爲之而已矣 有人於此 力不能勝一匹雛 則爲無力人矣 今日擧百鈞 則爲有力人矣 然則擧烏獲之任 是亦爲烏獲而已矣 夫人 豈以不勝爲患哉 弗爲耳 徐行後長者 謂之弟 疾行先長者 謂之不弟 夫徐行者 豈人所不能哉 所不爲也

조교(曹交)는 조(曹)나라 군주의 아우이다. 요순(堯舜, 중국 고대 전설상의 왕), 그리고 문왕(文王, 주 왕조의 기초를 닦은 왕)과 탕왕(湯, 상나라의 초대 왕)은 모두 성인으로 추앙되고 있다. 오확(烏獲)은 옛날에 힘이 있던 사람으로, 천균(千鈞, 매우 무거운 무게 또는 물건, 1균=30근)을 들어서 옮겼다.

조교와 맹자의 문답을 따라가 보자. 조교가 "누구나 성인군자(聖

人君子)가 될 수 있습니까?"라는 질문에 맹자는 "그렇소." 그런데 "나(조교, 9척 4촌, 1척은 1촌의 10배≒30.3㎝)는 신장만 문왕(10척)과 탕왕(9척)에 버금가고, 다른 재능은 없고 밥만 많이 먹습니다. 어쩌면 좋겠습니까?"라고 다시 묻는다. 맹자는 "성인군자가 되고 아니 되는 것이, 어찌 신장에 달려있겠소?" 이어서 맹자는 힘과 공경의 예로 조교를 가르친다. 한 사람의 힘이 한 마리 오리 새끼를 이길 수 없다면 힘이 없는 사람이 되고, 백균을 들면 힘이 있는 사람이 되고, 오확이 들던 짐을 들면 오확이 된다. 이는 모두 자신의 마음가짐에 달려있다. 또한 스승이나 나이 많은 어른보다 천천히 걸어서 뒤에 감을 공경의 예라고 하는데, 이것은 누구나 할 수 있다. 그럼에도 불구하고 자신이 하지 않는 것은 스승이나 어른을 공경할 의지가 없기 때문이다.

> **공자:** 배우지 않을지언정 배울진댄 능히 하지 않고서는 그만두지 않으며, 묻지 않을지언정 물을진댄 알지 않고서는 그만두지 않으며, 생각하지 않을지언정 생각할진댄 얻지 않고서는 그만두지 않으며, 분별하지 않을지언정 분별할진댄 밝게 알지 않고서는 그만두지 않으며, 행하지 않을지언정 행할진댄 독실하지 않고서는 그만두지 아니하며, 남이 단 한 번에 능하면 나는 백 번을 하며, 남이 열 번에 능하면 나는 천 번을 해야 한다.

> 『中庸章句』20. 有弗學 學之 弗能 弗措 有弗問 問之 弗知 弗措也 有弗思 思之 弗得 弗措也 有弗辨 辨之 弗明 弗措也 有弗行 行之 弗篤 不措也 人一能之 己百之 人十能之 己千之

배우는 사람이 잠시라도 게으르면, 마치 사람들이 다니는 산길을 한동안 사용하지 않아서 자란 풀이 길을 막듯이, 배우는 사람의 마음을 꽉 막게 된다. 그러므로 학습자는 배움에 성실해야 한다.

위의 인용문은 공자가 배움에 성실히 하는 조목(條目)을 밝힌 것이다. 그 조목은 널리 배우고(博學), 자세히 물으며(審問), 신중히 생각하고(愼思), 밝게 분별하며(明辯), 독실하게 실행(篤行)해야 한다. 그런데 배우지 않으면 그만이거니와 배우는 길에 들어서서는 끝까지 밀고 나가 그 배움을 완성해야 한다. 남이 한 번에 능숙하면 나는 백번을 하며, 남이 열 번에 능숙하면 나는 천 번을 할 수 있는 용기가 있어야 한다. 우리가 살아가면서 만나게 되는 다양한 과제 혹은 임무를 수행하는데 있어서, 이러한 '군자의 용기'3)가 있다면 성공하지 못할 일이 있겠는가.

---

3) 개나 돼지와 같은 용기를 지닌 사람이 있고, 장사꾼이나 도적 같은 용기를 지닌 사람이 있으며, 소인의 용기를 지진 사람이 있고, 선비와 군자로서의 용기를 가진 사람이 있다. 먹고 마시는 일을 다투고, 염치가 없으며, 옳고 그른 것을 알지 못하고, 죽고 상처받는 일을 피하지 않으며, 인원이 많고 강한 것도 두려워하지 않고, 오직 탐욕스럽게 먹고 마시는 것만을 찾는 것은 바로 개나 돼지와 같은 용기이다. 이익을 추구하고 재물을 다투어 사양하는 일이 없으며, 미친 듯이 날뛰고 지나치게 욕심을 부려 도리에 어긋나면서, 오직 탐욕스럽게 이익만을 찾는 것은 바로 장사꾼이나 도둑 같은 용기이다. 죽음을 가벼이 여기며 포악한 것은 소인의 용기이다. 의로움이 있는 곳만을 찾아가고, 권세에 기울어지지 않으며, 이익을 돌보지 않고, 온 나라를 그에게 주겠다 하더라도 눈길을 바꾸지 않으며, 죽음을 소중히 여기고 의로움을 지키며 굽히지 않는 것은 바로 선비와 군자로서의 용기이다.(순자 지음·김학주 옮김, 『순자』, 「영욕」, 을유문화사, 2001, 96-98쪽.)

공부의 결실(結實)

학습자는 공부를 꾸준히 성실하게 해야 한다. 만약 종신토록 이름이 일컬어지지 않는다면 선(善)을 행한 실제가 없는 공부가 된다. 그래서 공자는 '나이가 40이 되어서도 다른 사람에게 미움을 받으면 그 사람 인생은 그대로 끝난다.'[4])거나 '먼저 깨닫는 사람이 어진 것이다.'라는 말로 공부의 결실에 대해서 언급하였다.

> **공자:** 나는 열다섯 살에 학문에 뜻을 두었고, 서른 살에 자립하였고, 마흔 살에 사리에 의혹하지 않았고, 쉰 살에 천명을 알았고, 예순 살에 귀로 들으면 그대로 이해되었고, 일흔 살에 마음이 하고 싶은 대로 따라도 법도를 넘지 않았다.

> 『論語集註』,〈爲政〉4. 子曰 吾十有五而志于學 三十而立 四十而不惑 五十而知天命 六十而耳順 七十而從心所欲 不踰矩

'지학(志學, 15세)-이립(而立, 30세)-불혹(不惑, 40세)-지천명(知天命, 50세)-이순(耳順, 60세)-종심(從心, 70세)'은 공자가 그 나이에서 자신이 성취한 공부의 결실을 말한 것이다. 흐르는 물은 웅덩이가 차지 않으면 흘러가지 않는다. 물은 반드시 웅덩이를 가득 채운 뒤에야, 다시 밤낮으로 쉬지 않고 흘러서 바다에 이르게 된다. 우리의 학문도 이와 마찬가지로 점진적으로 쉬지 않고 노력해야 이를 수 있다. 어쩌면 나아감이 빠른 자가 그 후퇴 역시 빠를 수가 있다. 공자 자신이 성장과정에서 맺은 성취의 단계를 밝힌 것은 학습자들로 하

---

4)『論語集註』,〈衛靈公〉19. 子曰 君子疾沒世而名不稱焉

여금 중도에 공부를 폐지해서는 아니 됨을 보여주는 것은 아니었을까.

맹자는 40세에 부동심(不動心, 마음이 동요되지 않음)을 얻었다. 정이천(程伊川)은 마음에 주장함이 있으면 동요되지 않는다고 말한다. 자객인 북궁유(北宮黝)는 반드시 이김을 주장으로, 역전(力戰)의 용사인 맹시사(孟施舍)는 두려움이 없음을 주장으로, 그리고 공자의 제자인 증자(曾子)는 정직함을 주장으로 삼아서 마음이 동요되지 않았다.5)

---

5) 『孟子集註』, 〈公孫丑章句 上〉2. 北宮黝之養勇也 不膚撓不目逃 思以一毫挫於人 若撻之於市朝 不受於褐寬博 亦不受於萬乘之君 視刺萬乘之君 若刺褐夫 無嚴諸侯 惡聲至必反之 [북궁유(北宮黝)는 용기를 기르는 것에 있어 피부가 찔려도 움츠러들지 않으며 눈동자가 찔려도 피하지 않았다. 생각하기를 털끝만큼이라도 남에게 좌절(挫折)을 당하면 마치 저자에서 종아리를 맞는 것처럼 모욕으로 여겨, 갈관박(褐寬博)에게도 (모욕을) 받지 않으며 또한 만승의 군주에게도 (모욕을) 받지 않아, 만승의 군주를 찌르는 것 보기를 마치 갈부(褐夫)를 찔러 죽이는 것처럼 생각하였다. 무서운 제후가 없어서 험담하는 소리가 들려오면 반드시 보복하였다.] 孟施舍之所養勇也 曰視不勝猶勝也 量敵而後進 慮勝而後會 是畏三軍者也 舍豈能爲必勝哉 能無懼而已矣 [맹시사(孟施舍)가 용기를 기르는 것에 대해 말하기를 "이길 수 없어 보여도 (오히려) 이길 수 있다고 여긴다. 적을 헤아린 뒤에 나아가고 승리를 생각한 뒤에 싸운다면 이것은 적의 삼군을 두려워하는 자이다. 내가 어찌 필승을 할 수 있겠는가? 두려움이 없을 뿐이다."라고 하였다.]…昔者 曾子謂子襄曰 子好勇乎 吾嘗聞大勇於夫子矣 自反而不縮 雖褐寬博 吾不惴焉 自反而縮 雖千萬人 吾往矣 孟施舍之守氣 又不如曾子之守約也 [옛날에 증자(曾子)가 자양(子襄)에게 이르기를 "그대는 용기를 좋아하는가? 내가 일찍이 위대한 용기에 대해 스승님께(공자) 들었는데, '스스로 돌이켜서 정직하지 못하다면 비록 갈관박(褐寬博)일지라도 내가 두렵지

공손추: 감히 묻겠습니다. 스승님께서는 어디에 장점이 있습니까?

맹자: 나는 말을 알며(知言), 나는 나의 호연지기(浩然之氣)를 잘 기른다.

『孟子集註』, 〈公孫丑章句 上〉2. 敢問夫子 惡乎長 曰 我知言 我善養吾浩然之氣

공손추(公孫丑)는 제(齊)나라 사람으로, 맹자의 제자이다. 말을 안다는 것은 천하(天下)의 모든 말을 궁구하여, 그 속의 시비득실(是非得失)의 까닭을 아는 것이다. 그래서 말을 알면 도의(道義)에 밝아서 천하의 일에 의심스러운 바가 없게 된다. 또한 호연지기를 기르면 도의에 합쳐져서 천하에 두려운 것이 없게 된다. 이 때문에 큰 책임을 담당하여도 마음이 동요되지 않는다.

원래 사람의 몸에는 호연지기가 꽉 차 있었는데, 돌보지 않았기 때문에 굶주리게 되었다. 맹자는 호연지기를 잘 길러서 그 처음의 상태를 회복한 군자이다. 그렇다면 호연지기는 어떻게 기르는 것일까? 호연지기는 의(義)가 많이 축적되어서 생겨나는 것이다. 그렇기 때문에 호연지기는 한 가지 일을 행한 것이 우연히 의에 일치되었다고 해서 갑작스럽게 얻어지는 것이 아니다. 매일 모든 일이 의에 일치하여, 스스로 돌이켜봄에 항상 정직해서 마음에 부끄러움이 없으면 호연지기가 심중에서 자연히 발생하게 된다.

않겠는가. (그러나) 스스로 돌이켜서 정직하다면 비록 천만 명이 있더라도 내가 가서 당당히 대적하겠다.'라고 하셨다. 맹시사의 지킴은 기(氣)이니, 또한 증자가 핵심을 (파악하여) 지키는 것보다 못한 것이다."]

맹자: 반드시 (호연지기를 기르는) 일에 있어서 효과를 미리 기대하지 말고 마음에 잊지도 말며, 자라는 것을 억지로 도와주지도 말아서 송나라 사람처럼 해서는 안 된다. 송나라 사람 중에 벼 싹이 자라지 못함을 안타깝게 여겨 (싹을) 뽑아 올린 자가 있었다. 그는 매우 피곤해하며 돌아와서 집안사람들에게 말하기를 "오늘은 (매우) 피곤하다. 내가 벼 싹이 자라도록 도와주었다."라고 하므로 그 아들이 달려가서 보았더니, 벼 싹이 말라 있었다. 천하에 벼 싹이 자라도록 억지로 조장하는 자가 적지 않으니, (호연지기를) 행하는 것에 유익함이 없다고 해서 버려두는 자는 벼 싹을 김매지 않는 자이고, (호연지기를) 억지로 조장하는 자는 벼 싹을 뽑아 올린 자이니, 이는 다만 유익함이 없을 뿐만 아니라 도리어 그것을 해치는 것이다.

『孟子集註』, 〈公孫丑章句 上〉2. 必有事焉而勿正 心勿忘 勿助長也 無若宋人然 宋人有閔其苗之不長而揠之者 芒芒然歸 謂其人曰 今日病矣 予助苗長矣 其子趨而往視之 苗則槁矣 天下之不助苗長者寡矣 以爲無益而舍之者 不耘苗者也 助之長者 揠苗者也 非徒無益 而又害之

그렇다면 호연지기를 기르는데 유념해야할 것은 무엇일까? 호연지기의 효과를 미리 기대하지 말고, 혹시 호연지기가 몸에 충만하기 어렵다고 생각하여 중도에 포기하지 말아야 한다. 또한 억지로 꾸며서 호연지기가 자라도록 돕지 말아야 한다. 이에 맹자는 어리석은 송나라 사람을 예로 들어서, 학습자에게 깊이 뿌리박힌 결점을 경계하였다. 유익함이 없다고 해서 버려두고 김매지 않는 사람은 공부를 잊은 것이다. 그리고 송나라 사람처럼 벼 싹이 자라도록 함부로 뽑아

올려서 조장하는 사람은, 그 효과를 미리 기대하다가 얻지 못함에 억지로 꾸미는 것이다. 모두 경계할 일이다.

11. 문턱에 선 학습자에게 보내는 유학의 가르침

(학문을) 비유하면 산을 만듦에 마지막 흙 한 삼태기를 쏟아붓지 않아서
산을 못 이루고 중지함도 내가 중지하는 것이며, (산을 만드는데)
비유하면 평지에 흙 한 삼태기를 처음 쏟아붓더라도
나아감은 내가 나아가는 것이다.[1]

　한 가지 목표를 정해서, 그 목표가 성취될 때까지 완주하기란 그리
쉬운 일이 아니다. 그 여정의 길에는 극복해야 할 낮거나 높은 많은
문턱들이 존재한다. 그 문턱들에는 다양한 고난과 시련, 그리고 소소
한 행복들이 포함된다. 형편이나 사정에 따라서는 고난과 시련이 나
를 완전히 해체시켜 중도에서 포기하도록 하고, 소소한 행복들은 힘
써 나아가려는 마음을 여리게 하여 머뭇거리게도 한다. 우리 삶의
여정은 수많은 아리랑 고개를 넘는 연속된 과정일 지도 모른다. 결국
그 많은 고비를 넘는 과정에서 '나'는 단련되고 성숙하게 된다. 그러
나 이 말도 그 고비의 문턱을 넘은 사람만의 깨달음이다. 고난과

---

1) 『論語集註』, 〈子罕〉18. 子曰 譬如爲山 未成一簣(궤) 止吾止也 譬如平
　地 雖覆一簣 進吾往也

시련의 극복이 나를 성숙시킨다는 것이 어쩌면 문턱을 넘지 못하고 그 아래에서 머뭇거리며 망설이는 사람에게는 오만하게 거들먹거리는 말로 들릴 수도 있겠다. 그러나 분명한 것은 부족한 것을 느끼거나 고난과 시련이 닥친 그때가 바로 나에게 찾아온 성장의 기회라는 것이다. 그러므로 앞에 닥친 문턱을 넘기 위해서, 스스로 격발(擊發)시킬 수 있는 지혜가 필요하다.

> **공자:** 활쏘기는 군자(君子)의 자세와 같음이 있다. 활을 쏘아 정곡(正鵠)을 맞히지 못하면 자기 몸에 돌이켜 (그 원인을) 찾기 때문이다.

『中庸章句』14. 子曰 射有似乎君子 失諸正鵠 反求諸其身.

누구나 사대(射臺)에서 활을 쏘는 표적은 과녁판의 한가운데를 향한다. 활을 쏘기 전에 숨을 고르고 몸을 바로잡아 표적을 응시한다. 만약 활을 쏘아 정곡(正鵠. 삼베에 표적을 그려놓은 것을 정(正)이라 하고, 가죽을 붙여놓은 것을 곡(鵠)이라 한다. 모두 과녁의 한가운데, 활을 쏘는 표적이다.)을 맞추지 못하면, 그 원인을 자기 몸에 돌이켜 찾는다. 정곡을 맞추지 못한 원인이 외부 환경에 있는 것이 아니라, 나의 내부에 있기 때문에 자기 몸에 돌이켜 찾는 것이다. 자기 몸에 돌이켜 찾는 곳은 바로 마음이다. 마음이야말로 모든 일과 이치의 근원이기 때문이다. 그러나 우리의 마음이란 것이 '잡으면 보존되고 놓으면 잃는다. 나가고 들어옴이 정한 때가 없으며, 그 정처(定處)를 알 수가 없다.'[2] 맹자는 학문의 길이 오직 잃어버린 마음을 찾는 것일 뿐이라고 말하지 않았던가? 따라서 문턱을 만난 사람은 가장 먼저 나의 마음을 헤집어 볼 일이다.

> **염구:** 저는 스승님(공자)의 도(道)를 좋아하지 않는 것은 아니지
> 만, 힘이 부족합니다.
>
> **공자:** 힘이 부족한 자는 중도(中道)에 그만두니, 지금 너는 스스로
> 한계를 긋는 것이다.

『論語集註』,〈雍也〉10. 冉求曰 非不說子之道 力不足也 子曰 力
不足者 中道而廢 今女畫

염구(冉求)는 공자의 제자이다. 자유(子有) 혹은 염유(冉有)로도
불린다. 염구가 공자에게 말한 힘이 부족하다는 것은 나아가려고 해
도 능하지 못한 것이다. 그러나 염구가 공자의 도를 이성 친구를
좋아하듯이3) 또는 사람의 입이 고기를 좋아하듯이4) 하였다면 힘을
다해 스승의 가르침을 따랐을 것이다. 이에 공자는 중도에 그만두는
자는 힘이 부족한 것으로, 이것은 마치 땅에 금을 긋듯이 스스로
마음에 한계를 긋는 것과 같다고 가르친다.

---

2) 『孟子集註』,〈告子章句 上〉8. 孔子曰 操則存 舍則亡 出入無時 莫知其
鄕 惟心之謂與
3) 『論語集註』,〈子罕〉17. 子曰 吾未見好德 如好色者也 [공자께서 말씀하
셨다. 나는 덕(德)을 좋아하기를 여색(女色)을 좋아하는 것과 같이 하는
자를 보지 못하였다.]
4) 誠如口之說芻豢, 추(芻)는 꼴을 먹고 자라는 소와 양을 이르고 환(豢)은
곡식을 먹고 자라는 돼지와 개를 이른다. 의리(義理)를 좋아하는 것을
사람의 입이 고기를 좋아하는 것처럼 비유한 것으로, 『孟子』의 〈告子章
句 上〉7章에 '理義之悅我心 猶芻豢之悅我口'라는 문장이 있다.

제선왕: 하지 않는 자와 불가능한 자의 형상이 어떻게 다릅니까?

맹자: 태산(太山)을 겨드랑이에 끼고 북해(北海)를 뛰어넘는 것을 사람들에게 말하기를 "내 불가능하다."고 한다면 이것은 진실로 불가능한 것입니다. 장자(長者, 어른)를 위해 나뭇가지를 꺾는 것을 사람들에게 말하기를 "내 불가능하다."고 한다면 이것은 하지 않는 것이지 불가능한 것은 아닙니다.

『孟子集註』, 〈梁惠王章句 上〉7. 曰 不爲者 與不能者之形 何以異 曰 挾太山 以超北海 語人曰我人不能 是 誠不能也 爲長者折枝 語人曰我不能 是 不爲也 非不能也

우리가 목표를 정함에 있어, 여러 가지를 고려해야 한다. 최종 목적을 정하고, 그 목적에 도달하기 위한 단계별 목표를 정할 수도 있다. 그리고 자신의 목표가 실현 가능한지 불가능한지도 따져봐야 한다.

제선왕(齊宣王)은 제후(諸侯)의 패자(霸者)이다. 제선왕이 맹자에게 '하지 않는 자(者)'와 '불가능한 자(者)'의 형상에 대해서 물었다. 만약 '태산을 겨드랑이에 끼고 북해를 뛰어넘으려는' 목표를 세운 사람이 있다면, 이것은 인간의 능력으로서는 도저히 이룰 수 없는 경우이다. 이러한 사람이 '불가능한 자'의 형상에 해당된다. 반면에 부모님을 따뜻한 방에 모시기 위해 나뭇가지를 꺾어 땔감을 구하는 것은 불가능한 것이 아니라, 자신이 능히 할 수 있음에도 '하지 않는 자'의 형상이다. 자신이 세운 목표를 성취하기 위해서는 '산을 만드는데 평지에 흙 한 삼태기를 처음 쏟아붓는 나아감'이 있어야 한다.

맹자: 함이 있는 자를 비유하면 우물을 파는 것과 같다. 우물을 아홉 길을 팠더라도 샘물에 미치지 못하면 오히려 우물을

버리는 것이 된다.

『孟子集註』, 〈盡心章句 上〉29. 孟子曰 有爲者 辟(譬)若掘井 掘井
九軔 而不及泉 猶爲棄井也

　우리가 목표를 세운다는 것은 장차 그 목표를 반드시 성취할 것이
라는 마음의 의지가 담겨있다. 그 목표로 나아감은 우물을 파고, 산을
만드는 것에 비유할 수 있다. 우물 아홉 길(한 길은 여덟 자 또는
열 자로 2.4m 또는 3m)을 팠더라도 한 길을 파지 못해 샘물에 미치지
못하고, 산을 만듦에 마지막 흙 한 삼태기를 쏟아붓지 않아서 산을
못 이루고 중도(中道)에 그만두는 것은 그때까지의 모든 노력과 수고
를 스스로 버리는 것과 같다. 흔히 산을 오름에 정상이 코앞일 때,
마지막 역경이 우리를 기다리고 있다. 그 역경을 이겨내야 비로소
정상에 오르는 기쁨을 누릴 수가 있다.

　　맹자: 하늘이 장차 큰 임무를 이 사람에게 맡기려 하실 때에는
　　　　 반드시 먼저 그 심지(心志, 마음과 의지)를 괴롭게 하고
　　　　 그 근골(筋骨, 근육과 뼈)을 수고롭게 하며 그 체부(體膚,
　　　　 몸과 살가죽)를 굶주리게 하고 그 몸을 곤궁하게 하여 일을
　　　　 행함에 그가 하고자 하는 바를 어지럽히니, 이것은 마음을
　　　　 분발시키고 성질을 참게 하여 그 능하지 못한 바를 증익(增
　　　　 益)하게 하려는 것이다.

『孟子集註』, 〈告子章句 下〉15. 天將降大任於是人也 必先若其心
志 勞其筋骨 餓其體膚 空乏其身 行拂亂其所爲 所以動心忍性 曾
(增)益其所不能

목표를 성취함은, 그 목표를 덮을 수 있는 충분한 능력과 자질이 갖춰졌음을 의미한다. 만약 목표를 성취하기 위해 필요한 능력과 자질이 부족하다면 마음에 품은 의지가 흩어져 정신적으로 괴롭다. 또한 몸과 체력이 소진되어 고될 뿐만 아니라, 그의 처지가 궁핍하게 되어 목표로 나아감에 어그러짐이 많아지게 된다. 결과적으로 이러한 모든 고난과 시련을 겪는 것은, 그의 정신과 마음을 성숙하게 하여 임무에 필요한 능력과 자질을 갖게 하려는 과정의 일부라는 것을 깨달아야 한다. 어려움에 닥친 사람들은 스스로 마음을 더욱 분발하고 성질을 참아서 부족한 것을 더욱 증익하려고 노력한다. 이 때문에 그들은 목표를 성취할 수 있거나 주어진 임무를 완수할 수 있게 된다.

> **맹자:** 그만두어서는 안 될 경우에 그만두는 자는 그만두지 않는 것이 없고, 두텁게 해야 할 경우에 각박하게 한다면 각박하지 않은 것이 없을 것이다. 그 나아감이 빠른 자는 그 뒤로 물러나는 것도 빠르다.

『孟子集註』,〈盡心章句 上〉44. 孟子曰 於不可已而已者 無所不已 於所厚者薄 無所不薄也 其進銳者 其退速

우리 인간사에 닥쳐오는 난관들을 단 한 차례의 극복만으로 모두 벗어날 수 없을 뿐만 아니라, 전지(全知)적 시점으로 살 수도 없다. 예상할 수 없는 수많은 난관들이 우리 앞에 줄지어 기다리고 있다. 난관에 직면해서 주저하게 될 때, 학습자는 스스로 역경(逆境)을 극복하는 격발의 지혜(擊發之慧)를 살펴야 한다. 격발의 지혜는 먼저 난관의 본질이 어떤 것인가를 인식할 수 있는 사려 깊은 능력에서 시작된다. 나아갈 것인가, 돌아설 것인가. 다만 나아감이 빠른 자(者)는 마음 씀이 너무 지나쳐서, 그 기운이 쇠진(衰盡)하기가 쉽다. 그러므로 후퇴하거나 포기가 빠른 법이다.

운명의 신이 존재한다고 치더라도 인간의 의지가 전혀 덧없는 것은 아닐 것이다. 만약 내 의지에 성공의 절반이 맡겨져 있다면 그 절반을 위해서 다시 주사위를 던져야만 한다. '비록 지혜가 있으나 세(勢)를 타는 것만 못하며, 비록 농기구가 있으나 때를 기다리는 것만 못하다.'5)라는 말은, 일의 실행과 성공 여부가 시류에 달려있다는 의미이다. 그러나 격발의 지혜와 의지, 그리고 최선의 방법으로 처신한다면 그 시류는 목표가 성취되도록 작용하거나 엮이지 않을까.

모든 세상의 일에 대가 없이 공짜로 얻어지는 게 어디 있겠는가? 설령 공짜로 얻어지는 게 있다손 치더라도, 스스로 경계함이 있어야 할 것이다. 왜냐하면 공짜로 주어지는 것이 오히려 가장 값비싼 청구서로 돌아올 수도 있기 때문이다.

---

5) 『孟子集註』,〈公孫丑章句 上〉1. 雖有知(智)慧 不如乘勢 雖有鎡基 不如待時

12. 위기지학(爲己之學)과 위인지학(爲人之學)

학문의 길은 잃어버린 마음을 찾는 것일 뿐이다.[1]

'교육은 자기 교육이다.'라는 명제는 단정적인 말투로 인해서 어느 정도는 도전적인 인상을 받는다. 도전적이라거나 폭력적이라는 어휘가 수식어로 사용되기 위해서는, 그 대상이 있어야 한다. 다시 말해서 '교육은 나를 위한 것이 아니라, 다른 사람을 위한 것이다.'와 같은 상대적인 의미를 전제로 한다. 앞의 명제를 좀 더 생각하기 위해서 가르침과 배움에 관련된 한 편의 글을 읽어보자.

> 좋은 안주가 있어도 먹지 않으면 그 좋은 맛을 모르며, 지극히 좋은 도(道)가 있어도 배우지 않으면 그 좋은 것을 모르는 법이다. 따라서 배우고 나서야 자기의 지덕(智德)이 모자람을 알게 되는 것이며, 가르치고 나서야 자기가 아직 지덕이 미숙하여 곤고(困苦)를 겪는다는 걸 알게 되는 것이다. 그리고 자기의 지덕이 모자

---

1) 『孟子集註』, 〈告子章句 上〉11. 孟子曰 仁人心也 義人路也 舍其路而不由 放其心而不知求 哀哉 人 有鷄犬放則知求之 有放心而不知求 學問之道 無他 求其放心而已矣

람을 알고 나서야 능히 스스로 반성하여 면학하게 되고, 곤고한 것을 알고 나서야 능히 힘쓰게 되는 것이다. 그러므로 말하기를 '가르치는 것도 배우는 것도 함께 지덕을 성장하게 하는 것이다. (敎學相長)'고 했다. 태명에도 이르기를 '가르치는 것은 배움의 반이다.(斅學半)'라고 했는데, 이를 두고 한 말일 것이다.

『禮記』, <學記>. 雖有嘉肴弗食不知其旨也 雖有至道弗學不知其 善也 是故學然後知不足 敎然後知困 知不足然後能自反也 知困 然後能自强也 故曰敎學相長也 兌命曰 斅學半 其此之謂乎

우리가 그동안 익숙하게 들어왔던 '교학상장(敎學相長)'은 위의 인용 글(『예기』의 <학기>)에서 유래되었는데, 스승과 제자가 가르치고 배우면서 서로 성장한다는 의미이다. 여기서 가르침과 배움은 독립적으로 존재할 수 없다. 왜냐하면 그것은 서로를 내포하고 있기 때문이다. 가르침과 배움은 동전의 양면처럼 한 몸이면서 순환적이다. 배우고 나서야 자신의 모자람을 알고, 가르치고 나서야 자신이 미숙하여 어려움을 알게 된다. 모자람과 미숙함의 인식은 스스로 반성의 계기가 되어 더욱 배움에 힘쓰게 된다. 결국 효학반(斅學半), 가르치는 것은 배움의 절반이다.

공자는 '옛날에 배우는 자들은 자신을 위하였는데, 지금에 배우는 자들은 남을 위한다.'[2]고 말함으로써, 위기지학(爲己之學)과 위인지학(爲人之學)을 구별하였다. 공자의 이 말에 정이천(程伊川)은 위기(爲己)는 자기 몸에서 얻으려고 하는 것이요, 위인(爲人)은 남에게

---

2) 『論語集註』, <憲問>25. 子曰 古之學者 爲己 今之學者 爲人

인정을 받으려고 하는 것이다. 나 자신을 위한 배움은 결국 다른 사람에게 향하고, 다른 사람을 위한 배움은 결국 자신을 상실(喪失)하게 된다. 따라서 '위기지학(爲己之學)'은 유학에서 학문적 태도의 기본적인 바탕이 된다.

> **맹자:** 인(仁)은 사람의 마음이고, 의(義)는 사람의 길이다. 그 (바른) 길을 버리고 따르지 않고 그 마음을 잃어버리고 찾을 줄을 모르니, 애처롭다. 사람들은 닭과 개를 잃어버리면 찾을 줄을 알면서 마음을 잃어버리고서는 되찾을 줄을 모른다. 학문(學問)하는 길은 다른 것이 없으니, 그 잃어버린 마음을 되찾는 것일 뿐이다.

> 『孟子集註』,〈告子章句 上〉11. 孟子曰 仁 人心也 義 人路也 舍其
> 路而不由 放其心而不知求 哀哉 人有鷄犬放則知求之 有放心而
> 不知求 學問之道 無他 求其放心而已矣

사람은 자신의 눈앞에 있는 작은 재물인 닭과 개를 잃어버리면 급히 찾는데, 그보다 중요하고 큰 자산(資産)인 자신의 마음을 잃고서도 되찾을 줄을 모른다. 우리의 마음은 작고 사사로운 욕심에 덮여 있거나 흔들리기가 쉽다. 따라서 인은 사람의 마음인데, 마음에서 사욕(私慾)이 모두 없어져 심덕(心德)이 온전한 상태를 유지해야 한다. 인(仁)은 마음의 덕(德)으로, 밖에 있지 않고 안에 있기 때문에(우리 눈에 보이지 않기 때문에) 멀리 있다고 생각한다.

> **맹자:** 구하면 그것을 얻고 버리면 그것을 잃는데, 이 구함은 얻음에 유익함이 있다. (왜냐하면) 자신에게 있는 것을 구하기

때문이다. 구함에 올바른 도(道)가 있고 얻음에 명(命)이
있으니, 이 구함은 유익함이 없다. (왜냐하면) 자신의 밖에
있는 것을 구하기 때문이다.

『孟子集註』,〈盡心章句 上〉3. 孟子曰 求則得之 舍則失之 是求
有益於得也 求在我者也 求之有道 得之有命 是求 無益於得也 求
在外者也

우리 내면에 있는 인(仁)을 실천하는 것은 자신에게 달려있기 때문
에, 구하면 얻을 수가 있다. 그러나 부귀(富貴)와 영달(榮達)은 자신
의 밖에 있는 것이니, 우리가 그것을 찾는다고 해서 쉽게 얻을 수
있는 것은 아니다. 왜냐하면 도(道)와 명(命)이 있기 때문이다. 도(道)
가 있다는 것은 비정상적인 방법으로 구해서는 안 된다는 것을, 그리
고 명(命)이 있다는 것은 우리가 간절히 열망하는 부귀와 영달을
모두 가질 수 없다는 것을 의미한다. 그렇다면 우리는 무엇을 추구해
야 할 것인가?

사람들에게 깊이 뿌리박힌 결점은 자기 밭을 버려두고 남의 밭을
김매는 것3)에 있다. 우리는 잃어버린 마음(버려둔 자기 밭)을 되찾기
위해서 수신(修身)4)을 근본으로 삼아야 한다. 이는 몸을 닦는 것(修

---

3) 『孟子集註』,〈盡心章句 下〉32. 人病 舍其田而芸人之田
4) 『大學章句』,〈經文〉1. 格物而后知至 知至而后意誠 意誠而后心正 心正
而后身修 身修而后家齊 家齊而后國治 國治而后天下平 [사물의 이치
가 이른 뒤에 지식이 지극해지고, 지식이 지극해진 뒤에 뜻이 성실해지
고, 뜻이 성실해진 뒤에 마음이 바루어지고, 마음이 바루어진 뒤에 몸이
닦아지고, 몸이 닦아진 뒤혜 집안이 가지런해지고, 집안이 가지런한
뒤에 나라가 다스려지고, 나라가 다스려진 뒤에 천하가 평(平)해진다.]

身)이 마음을 바르게(正心)⁵⁾ 하는데 있기 때문이다. 이러한 이유로 우리는 구하면 얻을 수 있다. 그런데 우리는 정작 밖에서 마음을 찾고 있는 것은 아닐까.

공자는 자기 수양이 부족한 사람의 상태를 마치 '정면으로 담장을 마주하고 서 있는 것과 같다.'⁶⁾는 표현을 한다. 정면으로 담장을 마주하고 서 있다면 우리는 한 치 앞도 볼 수 없을 뿐만 아니라 한 걸음도 나아갈 수 없다.

> **공자:** 태어나면서부터 아는 사람이 최상이고, 배워서 아는 사람이 그다음이고, 곤란해져서 배우는 사람이 또 그다음이다. 곤란해져도 배우지 않으면, 사람은 최하위가 된다.

『論語集註』, 〈季氏〉9. 孔子曰 生而知之者上也 學而知之者次也 困而學之又其次也 困而不學 民斯爲下矣

사람의 기질은 모두 다르다. 공자는 기질이나 배움의 태도를 기준

---

5) 『大學章句』, 〈傳文〉7. 所謂修身 在正其心者 身(心)有所忿懥 則不得其 正 有所恐懼 則不得其正 有所好樂 則不得其正 有所憂患 則不得其正 心不在焉 視而不見 聽而不聞 食而不知其味 此謂修身 在正其心 [이른 바 몸을 닦음이 그 마음을 바름에 있다는 것은 마음에 분치(忿懥)하는 바가 있으면 그 바름을 얻지 못하며, 공구(恐懼)하는 바가 있으면 그 바름을 얻지 못하며, 좋아하고 즐기는 바가 있으면 그 바름을 얻지 못하며, 우환(憂患)하는 바가 있으면 그 바름을 얻지 못한다. 마음이 있지 않으면 보아도 보이지 않으며, 들어도 들리지 않으며, 먹어도 그 맛을 알지 못한다. 이것을 일러 '몸을 닦음이 그 마음을 바름에 있다.'고 하는 것이다.]
6) 『論語集註』, 〈陽貨〉10. 猶正牆面而立也與

으로 사람을 네 등급으로 나누었다. 곧 생지(生知), 학지(學知), 곤지(困知), 하우(下愚)가 그것이다. 생지는 태어나면서부터 아는 사람이요, 학지는 배워서 아는 사람이요, 곤지는 인생의 난관을 극복하며 배우는 사람이요, 하우는 난관에 빠져있음에도 배우지 않는 사람이다. 생지와 학지, 그리고 곤지(삼지, 三知)에 이르기까지는 비록 사람의 기질이 같지 않으나 앎에 이르러서는 똑같게 된다. 그러나 인생의 쓴맛을 보고도 배움이 없으면 결국 최하위의 사람이 된다.

온고지신(溫故知新), 옛것을 배워 새것을 안다. 공자는 태어나면서부터 알았던 사람이 아니라, 옛것을 좋아하여 민첩하게 구한 사람이었다.[7]

> **공자:** 군자(君子)는 먹을 때에 배부름을 구하지 않으며, 거처할 때에 편안함을 구하지 않으며, 일을 민첩히 하고 말을 삼가며, 도(道)가 있는 사람에게 나아가서 자신의 잘못을 바로잡는다면 배움을 좋아한다고 할 만하다.

> 『論語集註』, 〈學而〉14. 子曰 君子食無求飽 居無求安 敏於事而愼於言 就有道而正焉 可謂好學也已

공자는 배움을 좋아하는 사람을 다섯 가지로 말하였다. 그중에서 먹는 것에 배부름을 구하지 않거나 거처할 것에 편안함을 구하지 않는 것은 배움의 뜻이 흩어지지 않기 위함이다. 만약 배부름과 편안한 거처를 구하는 데 마음을 쏟는다면 어떻게 되겠는가? 아마도 우리

---

7) 『論語集註』, 〈述而〉19. 子曰 我非生而知之者 好古敏以求之者也

마음은 오로지 배우는 일에 집중할 수 없게 될 것이다. 일을 민첩히 한다는 것은 부족한 것을 힘쓰는 것이고, 말을 삼가는 것은 혹시 행실이 말에 미치지 못함을 부끄러워해서이다. 또한 스스로 옳다고 여기지 않고, 반드시 스승을 찾아가서 옳고 그름을 묻거나 따져서 바로잡는다(質正)면 배움을 좋아하는 사람이다.

> **공자:** 본바탕(質)이 외관(文)을 이기면 촌스럽고(野) 문(文)이 질
> (質)을 이기면 꾸며서 아름다운(史)것이 되니, 문(文)과 질
> (質)이 적절히 배합된 뒤에야 군자(君子)이다.

> 『論語集註』, 〈雍也〉16. 子曰 質勝文則野 文勝質則史 文質彬彬
> 然後君子

군자는 본바탕(質)과 견문으로 배운 문(文, 형식)이 잘 조화된 사람을 말한다. "저 사람은 천성은 착한데, 말이나 행동거지를 보면 촌스러워."라는 말은 본바탕(質)이 배움(文)을 이겨 촌스러워지는 경우에 해당된다. 이와 반대로 "저 사람은 말은 잘해."라는 평가는 배움이 본바탕을 이겨서 겉만 화사하게(史) 꾸며 보기 좋게 치장을 하는 경우이다. 이것은 근본을 잃어버리는 경우와 같아서, 장차 주위에 해(害)를 끼칠 가능성이 있다. 이러하다면 화사함(史)보다는 촌스러움(野)이 났겠으나, 그보다는 문과 질이 잘 조화된 위기지학(爲己之學)을 생각해야 한다.

13. 언어를 알아야 사람을 알 수 있다.

말을 듣기 좋게 하고 얼굴빛을 곱게 꾸미는
사람치고 인(仁)한 이가 드물다.[1]

우리는 다양한 사람을 만나거나 헤어지는 과정에서 개인의 인간관계망이 형성되어 사회생활을 영위하게 된다. 사람과 사람의 만남, 그 접점에 상대방에 대한 인물 평가와 만남의 전술이 숨겨져 있다.

우리는 태어나면서부터 죽을 때까지, 그리고 죽음 이후에도 평가의 굴레에서 결코 벗어날 수가 없다. 우리는 사회생활에서 수시로 상대방을 평가하고 평가를 받는다. 우리는 매 순간 평가를 내리는데, 무엇을 통해 평가를 하는 것일까? 바로 사람의 말과 행동을 통해서, 그 사람의 됨됨이나 능력 등을 평가하게 된다.

그리고 만나는 인물에 따라 응대하는 방법과 수준이 달라진다. 사람과의 관계 맺기가 녹록하지 않기 때문에, 어쩌면 사람을 응대하는 전술 한 가지는 누구나 가지고 있음직하다. 상대방에 대한 응대의 전술이 때로는 겸손함으로, 부드러움으로, 냉정함으로, 투명함 등으

---

1) 『論語集註』, 〈學而〉3. 子曰 巧言令色 鮮矣仁

로 표현된다.

응대의 전술 중에서 배려와 아첨은 명확한 사전적 의미에도 불구하고, 그 의미가 작동하는 실제 장(場)에서는 애매함과 모호함을 동시에 포함하고 있다. 각자의 입장에 따라서 배려와 아첨이 달리 평가될 수 있다. 상대방을 도와주거나 보살펴 주려는 지속적인 마음의 표현인 배려가 타인으로 하여금 권리로 이해되는 경우도 생긴다. 이경우에 배려가 몸에 밴 입장에서는 상대방의 권리 행사에 난감할 수밖에 없다. 또한 다른 사람의 환심을 사거나 잘 보이려고 하는 말이나 행동인 아첨을 응대의 전술로 사용하기도 한다. 이 아첨에 대해서 증자(曾子)는 '어깨를 움츠리고 아첨하여 웃는 것이 여름에 밭에서 일하는 사람보다 더 수고롭다.'고 했으며, 자로(子路)는 '뜻이 같지 않은데 억지로 영합하여 말하는 얼굴빛을 보면 무안하여 붉어진다.'2)고 말했다. 이것은 오로지 자신의 이익을 도모하기 위한 분주스런 말과 행실에 대한 냉소적인 견해이다. 말과 행실 사이에는 서로 돌아봄이 있어야 한다.3) 그리하여 공자는 '말을 부끄러워하고(조심하고) 행실을 말보다 더한다.'4)고 하였다.

---

2) 『孟子集註』, <滕文公章句 下>7. 曾子曰 脅肩諂笑 病于夏畦 子路曰 未同而言 觀其色 赧赧然
3) 『中庸章句』, 13. 行者 踐其實 謹者 擇其可 德不足而勉 則行益力 言有餘而訒 則謹益至 謹之至則言顧行矣 行之力則行顧言矣 [행(行)은 그 실행을 밟는 것이요, 근(謹)은 그 가(可)함을 택하는 것이다. 덕행(德行)은 부족(不足)한데 힘쓴다면 행(行)이 더욱 힘써질 것이요, 말은 유여(有餘)한데 참는다면 삼감이 더욱 지극할 것이니, 삼가기를 지극히 하면 말이 행(行)을 돌아보게 될 것이요, 행(行)을 힘쓰면 행(行)이 말을 돌아보게 될 것이다.]

자장: 무엇이 밝음입니까?

공자: (물기처럼) 서서히 스며드는 참언과 피부로 받는 하소연이
실행되지 않으면 밝다(明)고 할 수 있다. (물기처럼) 서서히
스며드는 참언과 피부로 받는 하소연이 실행되지 않으면
멀다(遠)고 할 수 있다.

『論語集註』, <顔淵>6. 子張問明 子曰 浸潤之譖 膚受之愬 不行焉
可爲明也已矣 浸潤之譖 膚受之愬 不行焉 可爲遠也已矣

전손사(顓孫師)는 진(陳)나라 사람으로, 자(字)는 자장(子張)이며
공자의 제자이다. 자장이 밝음에 대해 묻자, 공자는 譖(참)과 愬(소)
를 경계해야 함을 말한다. 譖은 남의 행실을 비방하는 것이고, 愬는
자신의 억울함을 하소연하는 것이다. 남을 비방하는 자가 갑작스럽
게 하지 않고 옷에 물이 배어들어 적셔지는 것과 같이 서서히 비웃고
헐뜯어서 말하면, 그 말을 듣는 자는 거기에 빠져 들어감을 깨닫지
못해서 마침내 비방의 말을 믿게 된다. 그리고 자신의 억울함을 하소
연하는 자가 그 말을 듣는 자의 피부에 닿도록 이해(利害)가 간절하
게 하면 그 말을 듣는 자는 그 일의 상세함을 살피지 않고 갑자기
성을 내게 된다. 이 두 가지(譖과 愬)를 잘 살펴 경계한다면 밝다(明,
遠)고 할 수 있다. 여기서 원(遠)은 밝음(明)이 지극한 것이다. 결국
밝음도 언어에서 비롯된다.

사람이 삶을 경영하는 터전은 사회이며, 사람들은 인간관계 속에
서 자신의 가치를 실현한다. 사람 사이에서 관계가 맺어지고 유지되

---

4) 『論語集註』, <憲問>29. 子曰 君子 恥其言而過其行

도록 매개하는 것이 바로 언어이다. 여기서 언어는 언어적 표현, 반(半)언어적 표현, 비(非)언어적 표현으로 구분된다. 언어적 표현은 문자언어와 음성언어로 나뉠 수 있다. 반언어적 표현은 언어적 표현에 얹혀서 의미 분화가 이루어지는 억양, 속도, 강세, 음색 등이 해당된다. 그리고 비언어적 표현은 언어적 표현과는 독립적으로 의미 작용을 하는 몸동작, 손동작, 얼굴 표정, 눈 맞춤, 자세, 옷차림 등을 말한다. 일반적으로 특정 상황에서 주로 비언어적 표현에 의해서 메시지가 전달된다고 알려져 있다.[5] 신체의 움직임은 아주 섬세하고 예민해서 작은 동작만으로도 많은 의미를 전달할 수 있다. 이러한 의미에서 몸은 언어적이다.

> **맹자:** 사람을 살피는 것 중에서 눈동자보다 더 좋은 것이 없으니, 눈동자는 그의 악(惡)한 생각을 감추지 못한다. 가슴속이 바르면 눈동자가 밝고, 가슴속이 바르지 못하면 눈동자가 흐리다. 그의 말을 듣고 그의 눈동자를 살펴본다면 사람들이 어찌 (마음을) 숨길 수 있겠는가.

『孟子集註』,〈離婁章句 上〉15. 孟子曰 存乎人者 莫良於眸子 眸

---

5) 미국의 사회학자 메러비안(Albert Mehrabian)이 조사한 바에 의하면, 메시지 전달에서 말이 차지하는 비중이 7%, 반언어적 표현이 38%, 비언어적 표현이 55%에 달한다고 한다. 의사소통에서 언어적 표현이 차지하는 비중이 겨우 7%밖에 되지 않고, 93%가 비(반)언어적 표현에 의해서 이루어진다.(이창덕 외, 『화법교육론』, 역락, 2010, 129쪽.) 또한 인류학자 레이 버드휘스텔(Ray Birdwhistell)은 65%가 비언어적 표현으로 메시지가 전달된다고 주장한다.(이노미, 『손짓, 그 상식을 뒤엎는 이야기』, 바이북스, 2009, 27-29쪽.)

子不能掩其惡 胸中 正 則眸子瞭焉 胸中 不正 則眸子眊焉 聽其
言也 觀其眸子 人焉廋哉

눈(eye)만큼 우리의 의사를 확실하고 함축적으로 전달하는 의사소
통 수단도 없을 것이다. 눈을 피하고, 아래로 깔고, 치켜뜨고, 곁눈질
하고, 뚫어져라 쳐다보고, 추파를 던지고, 깜박거리고, 눈동자를 굴리
고, 아예 눈을 감아버리는 것 등에서 눈은 말 이상의 강력한 메시지를
전달한다. 그러므로 눈은 우리가 품고 있는 생각이 거짓 없이 밖으로
표출되는 창(窓)이다. 말은 거짓으로 잘할 수 있지만 눈동자는 속일
수 없는 것이다. 설령 사악한 생각을 품고 겉으로 좋은 말과 글로
꾸며서 은폐한다고 하더라도, 눈동자에는 진실이 드러난다.

또 맹자는 다음과 같이 말한다. '명예를 좋아하는 사람은 천승(千
乘)의 나라를 사양할 수 있으나, 만일 그럴 만한 사람이 아니면 한
그릇 밥과 한 그릇 국에도 그의 진정(眞情)이 얼굴빛에 나타난다.'[6]
명예만을 좇는 사람은 자신의 실정(實情)을 속이고 명예를 요구한다.
이 때문에 천승(千乘, 제후를 말함. 乘은 네 마리의 말이 끄는 수레)의
나라를 사양할 수 있는 것이다. 그러나 본래 부귀(富貴)를 가볍게
여기는 사람이 아니라면 득실(得失)의 아주 작은 것에 도리어 그
진정(眞情)이 나타난다. 따라서 사람을 관찰할 때는 그 사람이 힘쓰
는 것에 의지하지 말고, 소홀히 하는 것에서 그 사람의 실제를 볼
수가 있다.

---

6) 『孟子集註』, 〈盡心章句 下〉11. 孟子曰 好名之人 能讓千乘之國 苟非其
人 簞食豆羹 見於色

예로부터 인성(人性)의 평가는 언어가 실마리가 되기 때문에 수신(修身)의 대상이 되었다.

> **증자:** 군자(君子)가 도(道)를 귀하게 여기는 것이 세 가지이다. 용모를 움직일 때에는 거칠고 태만함을 멀리하며, 안색을 바르게 할 때에는 신의를 가깝게 하며, 말과 소리를 낼 때에는 비루함과 도리에 위배되는 것을 멀리해야 한다.

『論語集註』,〈泰伯〉4. 君子所貴乎道者三 動容貌 斯遠暴慢矣 正顔色 斯近信矣 出辭氣 斯遠鄙倍矣

우리의 심중(心中)에 어질고 조화로움이 쌓이고 쌓이면 그것이 밖으로 자연스럽게 드러나게 된다. 어떻게? 몸의 움직임은 거칠거나 태만하지 않게, 얼굴빛은 신의 있게, 언어는 비루하거나 도리에 어긋나지 않게 된다. 말(언어)이 도리에 어긋나게 나간 것은 또한 도리에 어긋나게 들어온다.[7]

공자는 말재주만 있는 사람을 미워하고 멀리하였다. 그런 사람은 위태롭기 때문이다.[8] 군자는 말이 어눌하나 실행이 민첩한 사람이다.[9] 누구나 말하기는 쉽지만 그 말을 실행에 옮기는 것은 어렵다. 그래서 군자가 평소에 말을 함부로 하지 않는 것은 실행이 말에 미치지 못함을 부끄러워해서였다.[10]

---

7) 『大學章句』,〈傳文〉10. 言悖而出者 亦悖而入
8) 『論語集註』,〈先進〉24. 子曰 惡夫佞者 《論語》,〈衛靈公〉10. 遠佞人 佞人殆
9) 『論語集註』,〈里仁〉24. 子曰 君子 欲訥於言而敏於行

공자: 대개 알지도 못하면서 (함부로) 행동하는 것이 있으나, 나는 이러한 것이 없다. 많이 듣고서 그중에 좋은 것을 가려 따르며, 많이 보고서 그것을 기록해 두는 것이 앎의 둘째 경지는 된다.

『論語集註』,〈述而〉27. 子曰 蓋有不知而作之者 我無是也 多聞擇其善者而從之 多見而識之 知之次也

우리는 간혹 이미 뱉어 놓은 말과 행동의 결과로 난감한 상황에 놓이게 되는 경우가 있다. 이러한 상황에 처하게 되는 근본적인 이유는, 당면한 일(사건)에 대해서 정확히 알지 못하면서, 혹은 그 이치를 알지 못하면서 함부로 말하고 행동했기 때문이다. 이와 같은 상황에 대한 경계의 말이 바로 부지이작(不知而作)이다. 사람이 말과 행동을 함부로 하는 것은 꾸짖음을 받지 않았기 때문이다.[11] 성장과정에서 무례한 말과 행동에 대한 바로잡음이 없었기 때문에, 그것이 몸에 배어 습성(習性)이 되었다. 이러한 이유로 말하고 행동하기 전에 많이 듣고서 좋은 것을 가려서 따라야 한다. 또한 많이 보고 배워서 기억 속에서 선악(善惡)과 시비(是非)를 가려 대비하는 것은 실제로 그 이치를 알지 못한다 하더라도 아는 자의 다음이 될 수 있다.

자장: 녹(祿)을 구하는 방법을 가르쳐 주십시오.
공자: 많이 듣고서 의심나는 것을 제쳐놓고 그 나머지를 조심히 말하면 허물이 적을 것이다. 많이 보고서 위태로운 것을

---

10) 『論語集註』,〈里仁〉22. 子曰 古者 言之不出 恥躬之不逮也
11) 『孟子集註』,〈離婁章句 上〉22. 孟子曰 人之易其言也 無責耳矣

제쳐놓고 그 나머지를 조심히 행하면 후회하는 일이 적을
것이다. 말에 허물이 적고 행실에 후회할 일이 적으면 녹이
그 가운데에 있는 것이다.

『論語集註』,〈爲政〉18. 子張學干祿 子曰 多聞闕疑 愼言其餘則寡
尤 多見闕殆 愼行其餘則寡悔 言寡尤 行寡悔 祿在其中矣

　자장(子張)이 스승에게 취업하는 방법을 물었는데, 공자는 언행
(言行)을 어떻게 할 것인가에 대해서 말한다. 의심되거나 위태로운
것을 제쳐놓고 말하고 행동하면 허물과 후회하는 일이 적게 된다.
말에 허물이 적고 행실에 후회할 일이 적으면 직장에서 오래 근무할
수 있을 뿐만 아니라 승진도 할 수 있을 것이다. 예를 들면 조직
생활에서 뒷담화가 없을 수가 없다. 보통 뒷담화의 내용을 보면 남을
헐뜯거나 사실에 근거하지 않은 것들이 많다. 우리는 그러한 뒷담화
속에 허물과 후회가 공존하고 있다는 것을 잊어버리는 경우가 많다.
맹자도 '남의 불선(不善)함을 말하다가 후환을 어찌하려는가.'[12]라고
되묻는다.

　공손추: 말을 안다(知言)는 것이 무엇입니까?
　맹자: 편벽된 말에서 그 가려진 것을 알며, 음란한 말에서 그 빠져
　　　있는 것을 알며, 간사한 말에서 그 벗어난 것을 알며, 회피하
　　　는 말에서 궁색함을 아는 것이다.

『孟子集註』,〈公孫丑章句 上〉2. 何謂知言 曰 詖辭知其所蔽 淫辭

---

12) 『孟子集註』,〈離婁章句 下〉9. 孟子曰 言人之不善 當如後患 何

知其所陷 邪辭 知其所離 遁辭知其所窮

　편벽된 말(피사, 詖辭), 음란한 말(음사, 淫辭), 간사한 말(사사, 邪辭), 회피하는 말(둔사, 遁辭)들은 모두 깊이 뿌리박힌 언어의 잘못이다. 가려지고(폐, 蔽), 빠져있고(함, 陷), 벗어나고(리, 離), 궁색한(궁, 窮) 것은 마음의 잘못이다. 사람의 말은 모두 마음에서 나온다. 마음이 밝아서 가려지는 것이 없어야 공평하고 올바른 말을 할 수가 있다. 말의 병통을 통해서 마음을 안다는 것은 그 사람의 인성(人性)을 알 수 있다는 것이다.

　아마도 사회생활하면서 가장 어려운 것이 사람을 상대해서 친분을 맺고 유지하는 관계 맺기가 아닐까? 자신의 삶에서 취업이 되었다고 모든 일이 해결되는 것은 아니다. 그다음에 또 한 판의 다른 삶이 기다리고 있기 때문이다. 취업 준비는 혼자서도 할 수 있지만 그 이후는 더불어 살아야 하는 사회이다. 새롭고 낯선 세계로의 진입은 다른 사람을 관찰하는 동시에 나도 관찰의 대상이 된다. 역시 관찰의 대상은 말과 행동, 그리고 얼굴의 표정, 몸짓, 옷차림 등이 될 것이다. 이러한 요소들이 사람의 인품(人品)을 나타내는 잣대로 작용되기 때문이다. 따라서 언어를 알아야 사람을 알 수 있다.

14. 인의(仁義)와 나의 삶

인(仁)은 사람의 마음이요, 의(義)는 사람의 길이다.[1]

우리 삶은 인간관계의 지속적인 확대라고 할 수 있다. 개별적인 자아로 세상에 태어나면서부터 가족, 지역사회, 국가, 세계 속의 '나'라는 위치를 확보하게 된다. 그 과정에서 가치관이 형성되고, 그것은 인간관계를 맺는 과정에서 끝임없이 조정되면서 새롭게 변모된다. 가치관은 인간이 자기를 포함한 세계나 그 속의 어떤 대상에 대하여 가지는 평가의 근본적 태도나 관점이다. 다시 말해서, 인간이 삶이나 어떤 대상에 대해서 무엇이 좋고, 옳고, 바람직한 것인지를 판단하는 관점이다. 따라서 가치관은 나의 인생의 좌표, 잣대, 무게중심이며, 더 나아가 자신의 정체성을 결정한다.

학교 교육은 가치관 형성에 중요한 시기이다. 지금의 제도권 교육 과정은 서양의 인과론을 바탕으로 한 과학적 합리주의에 경도되어 실용적 지식기능만을 강조하고 있다. 그리고 대화의 기술로 토론 교육을 중요하게 여긴다. 토론이란 무엇인가? 토론의 '토(討)'는 '치다,

---

1) 『孟子集註』,〈告子章句 上〉11. 孟子曰 仁人心也 義人路也

때리다, 공격하다, 정벌하다' 등의 의미를 갖고 있다. 토론은 기어이 자신의 견해를 상대방이 받아들이도록 굴복시키는 것이다. 우리는 이것을 설득이라고 부른다. 이러한 이유로, 대화의 기술인 토론은 의미론적으로 상대방을 적으로 가정하고 있다. 우리 사회에 만연한 대립과 갈등의 근원적인 원인이 어쩌면 교육에 있는 것은 아닐까.

성공과 영달은 누구나 원하는 것이기 때문에, 우리는 남을 짓밟으면서까지 그것을 얻기 위해서 치열하게 경쟁한다. 그 경쟁의 과정에서 다른 사람을 적으로 생각하여 모함이나 시기가 난무하니, 상대방에 대한 존중과 배려가 있을 리가 없다. 이러한 분위기에서 형성된 가치관을 바탕으로, 비록 다른 사람에 대한 존중과 배려 없이 성공하더라도 결국은 누구에게도 진정 어린 축하와 존경을 받지는 못할 것이다.

인(仁), 더불어 사는 삶

동서양에서 사유의 대상에 대한 관심은 차이를 보이는데, 서양은 현실 너머의 진리를 지향한 반면에 동아시아의 유학적인 사유는 '지금-여기'에 관심을 두고 있다. 유학 인문주의의 핵심 사상인 인(仁)은 현실 세계에서의 실천과 직접적으로 연결된다. 오직 하나뿐인 나가 아닌 관계 맺고 더불어 사는 존재로써의 나를 인식하는 것이다.

인(仁)이란 무엇인가? 사전에서 풀이하는 인(仁)은 공자가 주장한 모든 윤리적인 덕의 기초로, 남을 사랑하고 어질게 행동하는 일이다. 후한(後漢) 시대의 허신(許愼)이 쓴 『설문해자(說文解字)』에서는 인(仁)을 '사람(人)과 둘(二)'의 조합으로 풀이하였다. 종합해 보건대,

인(仁)의 어원적 의미는 '사회 속의 사람'으로 인간관계의 가장 최초의 형태를 가리키는 두 사람을 표시한다.

유학에서 수양의 실천적 방향성은 선지후행(先知後行)과 수기치인(修己治人)이다. 선지후행은 이치(理致)에 대한 앎과 인식을 먼저 달성한 다음에 실행에 옮긴다. 수기치인에서 '수기(修己)'는 현재의 자신의 몸과 마음을 닦아서 더 나은 어떤 상태로 변화된다는 뜻이다. 그리고 '치인(治人)'은 다른 사람을 다스린다는 말인데, 여기서 다스린다(治)는 것은 단순히 다른 사람을 힘으로 지배한다는 의미가 아니다. 수기한 힘으로 다른 사람을 지금보다 더 나은 존재로 변화될 수 있도록 도와준다는 의미이다. 그래서 인자(仁者)란 자신이 서고자 함에 남도 서게 하며, 자신이 통달하고자 함에 남도 통달하게 하는 사람이다. 곧 나의 인격적 완성에만 머물지 않고, '후행(後行)'과 '치인(治人)'으로 확장되어 나와 남이 더불어 사는 삶이 모색될 수 있다.

> **중궁:** 인이란 무엇입니까?
>
> **공자:** 문밖을 나설 때는 큰 손님을 뵙듯이 하며, 백성을 부릴 때에는 큰 제사를 받들듯이 하고, 자신이 하고자 하지 않는 것을 남에게 베풀지 말아야 한다. (이렇게 하면) 나라에 있어서도 원망함이 없고, 집안에 있어서도 원망함이 없다.
>
> **중궁:** 제가 비록 불민하기는 하오나, 청컨대 이 말씀을 실천하도록 하겠습니다.
>
> 『論語集註』, 〈顔淵〉2. 仲弓問仁 子曰 出門如見大賓 使民如承大祭 己所不欲 勿施於人 在邦無怨 在家無怨 仲弓曰 雍雖不敏 請事斯語矣

공자의 제자인 중궁(仲弓)은 성은 염(冉)이고 이름은 옹(雍)이다. 중궁은 그의 자(字)이다. 중궁의 인에 대한 질문에, 공자는 예(禮)로 답한다. 그것은 문밖을 나설 때는 큰 손님을 뵙듯이 존중하고, 백성을 부릴 때는 큰 제사를 받들 듯이 공경한다. 그리고 자신이 하고 싶지 않은 것을 남에게 베풀지 않는 것은 서(恕)로, 자기 마음을 미루어 남에게 미치는 베풂을 실천한다. 이렇게 한다면 사욕이 없어져서 마음의 덕이 온전해질 수 있다. 그것이 바로 인이다. 더불어 살기 위해서 다른 사람에 대한 존중과 배려가 중요한데, 이 또한 인(仁)에서 비롯된다.

義, 인간의 바른 길

길은 우리가 평소 걸어 다니는 도시의 아스팔트가 깔린 길이나 시골의 오솔길일 수도 있고, 눈에 보이지 않으나 비유적으로 쓰이는 인생길이나 운명의 갈림길일 수도 있다. 혹은 인간의 도리나 종교적 진리를 가리키는 추상적이고도 관념적인 길일 수도 있다. 이러한 여러 가지 의미가 함축된 길에 대해, 문학 작품 속에 형상화된 길의 의미를 먼저 생각해 보자.

어제도 하룻밤
나그네 집에
까마귀 가왁가왁 울며 새었소.

오늘은
또 몇 십리

어디로 갈까.

산으로 올라갈까
들로 갈까
오라는 곳이 없어 나는 못 가오.

말 마소, 내 집도
정주(定州) 곽산(郭山)
차 가고 배 가는 곳이라오.

여보소, 공중에
저 기러기
공중엔 길 있어서 잘 가는가?

여보소, 공중에
저 기러기
열 십자(十字) 복판에 내가 섰소.

갈래갈래 갈린 길
길이라도
내게 바이 갈 길은 하나 없소.

　　인용된 시는 김소월의 <길>2)이라는 작품으로, 떠돌이의 비애를
형상화하였다. 작품 속의 길은 우리의 인생길이나 운명의 갈림길을
나타내는 은유적 표현이다. 길 끝에 무엇이 있는지, 중도에 있는 시련

---

　2) 김소월, 『진달래꽃』, 덕우출판사, 1990, 64-65쪽.

을 미리 알 수 있다면 우리는 고민 없이 꽃길을 가듯 즐기며 갈 수 있다.

그러나 우리의 실제 삶에서는 길을 잃은 것 같은 난감한 상황, 예상하지 못한 고난에 갑자기 맞닥뜨리는 경우가 많다. 그럴 때면 갈 길에 대해서 갈등하고 방황하게 된다. 그래서 우리의 삶(길)은 십자(十字) 복판에 서서 끝없이 선택의 순간을 맞이하는 반복의 여정 일지도 모른다. 그럼에도 우리는 길 위의 여정 속에 놓인 수많은 괴로움과 어려움을 긍정해야 한다. 왜냐하면 나의 성숙과 성장은 고난을 만나고 극복하는 과정에서 비로소 시작되기 때문이다. 그러므로 우리는 길에서 길을 계속해서 물어야만 한다.

> **맹자:** 하늘이 장차 큰 임무를 이 사람에게 맡기려 하실 때에는 반드시 먼저 그 심지(心志, 마음과 의지)를 괴롭게 하고 그 근골(筋骨, 근육과 뼈)을 수고롭게 하며 그 체부(體膚, 몸과 살가죽)를 굶주리게 하고 그 몸을 곤궁하게 하여 일을 행함에 그가 하고자 하는 바를 어지럽히니, 이것은 마음을 분발시키고 성질을 참게 하여 그 능하지 못한 바를 증익(增益)하게 하려는 것이다. 사람은 항상 잘못이 있은 뒤에 고칠 수 있으니, 마음으로 애태우고 생각으로 저울질해본 뒤에야 분발하며 얼굴빛에 드러나고 목소리로 나타난 뒤에야 깨닫는다.

『孟子集註』, 〈告子章句 下〉15. 天將降大任於是人也 必先苦其心志 勞其筋骨 餓其體膚 空乏其身 行拂亂其所爲 所以動心忍性 曾(增)益其所不能 人恒過然後 能改 困於心 衡(橫)於慮而後 作 徵於色 發於聲而後 喩

하늘이 나에게 큰 임무를 맡기려 할 때, 반드시 그 임무를 맡기기 전에 고난과 역경을 먼저 겪게 한다. 그것은 주어진 임무를 수행함에 부족한 것을 미리 쌓게 하려는 의도이다. 모름지기 우리가 성숙하기 위해서는 시련이나 역경을 통과해야 한다. 이것을 자기 수양이라 불러도 좋다. 자기 수양을 통해 얽히고설킨 인간관계, 일상의 여러 가지 일에 대처할 수 있는 역량을 키워가야 한다.

공자는 나를 둘러싼 세상일에 대한 처신으로 의(義)에 따를 것을 권고하고 있다. 의(義)는 나(我)의 마음 씀을 양(羊)처럼 착하고 의리 있게 가진다는 뜻을 합하여 '옳다', '바르다', '의로운 일' 등을 의미하게 되었다. 이러한 의(義)는 옳지 못함을 부끄러워하고 미워하는 마음인 수오지심(羞惡之心)으로 발현된다.

> 죽는 날까지 하늘을 우러러
> 한점 부끄럼이 없기를,
> 잎새에 이는 바람에도
> 나는 괴로워했다.
> 별을 노래하는 마음으로
> 모든 죽어가는 것을 사랑해야지
> 그리고 나한테 주어진 길을
> 걸어가야겠다.
>
> 오늘 밤에도 별이 바람에 스치운다.

인용한 시는 윤동주의 <서시>[3]로, 시적화자의 자기 고백적 성찰을

---

3) 윤동주, 『하늘과바람과별과시』, 책과인쇄박물관, 2018, 9쪽.

형상화하였다. 하늘에 부끄럽지 않고 사람들에게 부끄럽지 않은 마음, 이는 내면의 양심에 돌이켜 보아도 한 점 거리낌이 없는 당당함이다. 이 시가 오랫동안 우리들에게 공감을 받는 이유는 누구나 젊은 날 한 번쯤은 겪었을 현실의 암담함에 방황하며, 또한 앞으로 살아갈 불확실한 미래에 대한 고뇌와 의지가 담겨있기 때문이다.

> **공자:** 군자(君子)는 천하의 일에 대하여 꼭 그래야 한다는 것도 없고 꼭 그래서는 안 된다는 것도 없어서, 오직 의(義)를 따를 뿐이다.

> 『論語集註』,〈里仁〉10. 子曰 君子之於天下也 無適也 無莫也 義 之與比

사람들은 자신의 가치관과 세계관을 기준으로 살아간다. 그런데 자신의 기준을 주변 사람들에게 엄격하게 들이댄다는 것에서부터 문제가 발생한다. 이때 자신이 정한 잣대가 옳고 그름의 절대적 판단 기준이 된다. 이로 말미암아 상황이 변했음에도 변화에 능동적으로 대처하지 못해, 인간관계에서 불협화음이 끊이지 않는다. 그래서 공자는 오로지 자신의 주장과 행동만을 다른 사람에게 강요하지 않는다. 다만 '의(義)'를 중심에 두고, 권도(權道)에 따라 가장 적합한 것을 따를 뿐이다.

> **맹자:** 스스로를 해치는 자와는 더불어 말할 수 없고, 스스로를 버리는 자와는 더불어 일할 수 없다. 말로써 예의(禮義)를 헐뜯는 것을 '스스로 포기한다(자포, 自暴)'라고 하고, 내 몸은 인(仁)에 머물거나 의(義)를 따를 수 없다고 하는 것을

'스스로 버린다(자기, 自棄)'라 이른다.

인은 사람의 편안한 집이고, 의는 사람의 올바른 길
이다. 편안한 집을 비워두고 거처하지 않으며 올바른
길을 버리고 따라가지 않으니, 슬프구나!

『孟子集註』, 〈離婁章句 上〉10. 孟子曰 自暴者不可與有言也 自棄
者不可與有爲也 言非禮義 謂之自暴也 吾身不能居仁由義 謂之
自棄也 仁人之安宅也 義人之正路也 曠安宅而弗居 舍正路而不
由 哀哉

　스스로 자신을 해치는 자(自暴者)는 예의(禮義)가 아름다움이 되
는 것을 알지 못하여 헐뜯게 된다. 그러니 그와 더불어 말을 하더라도
믿음이 있겠는가. 스스로 자신을 버리는 자(自棄者)는 인의(仁義)가
아름다움이 되는 것을 알지만 게으름에 빠져 반드시 행할 수 없다고
스스로 말한다. 그러니 그와 더불어 일을 하더라도 이루는 것이 있겠
는가. 자포자기(自暴自棄)한 자는 인(仁)과 의(義)의 길에서 벗어난
사람이다.

　인(仁)은 사람의 편안한 집(마음)이고, 의(義)는 사람의 올바른 길
이다. 마땅히 실행해야 할 사람의 길을 버리고 따르지 않으면 그
마음을 잃게 된다. 우리는 행실이 아주 더럽고 나쁜 사람을 금수(禽
獸)만도 못한 놈이라고 한다. 이는 사람이 부정한 학설이나 생각으로
인의가 꽉 막혀 인의를 해쳤기 때문이다. 요즈음 세태를 고려해 볼
때, '인의가 꽉 막히면 짐승을 내몰아 사람을 잡아먹게 하다가 사람들
이 장차 서로 잡아먹게 될 것이다.'[4]라는 맹자의 말이 지나친 우려일
까. 가령 다른 사람에게 해(害)를 입혀 얻은 재물과 돈으로 먹는 밥이,

마치 사람의 고기를 먹는 것과 무엇이 다르겠는가.

우리는 잃어버린 마음을 찾기 위해서, 혹은 마음을 잃지 않기 위해서 학문하는 길에 들어서야 한다. 결국 나에게 주어진 길을 가는 것은 다름 아닌 나의 성장의 길이면서 수양의 길이기도 하다.

---

4)『孟子集註』,〈滕文公章句 下〉9. 仁義充塞 則率獸食人 人將相食

15. 배우고(學), 그것을 때때로 익히(習)면 기쁘지 않겠는가

배움은 따라가지 못할 듯이 하고,
이미 배운 것을 잃을까 두려워해야 한다.[1]

인류는 역사적으로 진보와 후퇴를 반복하면서 끊임없이 변화되어 왔다. 산업혁명을 거듭하면서 인간의 문명과 문화는 상전벽해(桑田碧海)를 이루었다. 더욱이 지금의 변화 속도는 눈으로도 실감할 수 있을 정도로 빠르게 변화되니, 보통의 사람들은 그 변화를 따라가기에 급급한 실정이다. 현대인의 외적인 겉모습은 이러한데, 우리 삶을 관통하고 있는 인간 본연의 모습은 어떠할까.

『논어』에 '축관(祝官)인 타(鮀)의 말재주와 송(宋)나라의 조(朝)와 같은 미모를 갖고 있지 않으면 지금 세상에 환난을 면하기 어렵다.'[2]라는 말을 통해서, 당시 세상의 물정을 가늠해 볼 수 있다. 타(鮀)는 위(衛)나라 종묘의 축관(제사 때 축문을 읽는 사람)으로 말재주가

---

1) 『論語集註』, 〈泰伯〉17. 子曰 學如不及 猶恐失之
2) 『論語集註』, 〈雍也〉14. 子曰 不有祝鮀之佞 而有宋朝之美 難乎免於今之世矣

뛰어난 사람이었고, 조(朝)는 아름다운 얼굴을 가진 공자(公子)였다. 기원전 6세기에도 사람들은 아첨을 좋아하고 미모를 좋아하여, 이것이 아니면 환난을 피하기가 어려웠다는 것이다.

또한 『맹자』에도 '부자가 되려면 인하지 못 하고, 인을 하려면 부자가 못 된다.'[3]는 말이 있다. 천리의 인(仁)과 인욕의 부(富)는 대립되는 것일까? 많은 재산을 모으려면 인을 해쳐야만 가능한 것일까? 같은 맥락에서 사마천은 <백이열전>(『사기열전』)에서 다음과 같이 말했다.

> 하는 일이 올바르지 않고 법령이 금지하는 일만을 일삼으면서도 한평생을 호강하며 즐겁게 살고 대대로 부귀가 이어지는 사람이 있다. 그런가 하면 걸음 한 번 내딛는 데도 땅을 가려서 딛고, 말을 할 때도 알맞은 때를 기다려 하며, 길을 갈 때는 작은 길로 가지 않고, 공평하고 바른 일이 아니면 떨쳐 일어나서 하지 않는데도 재앙을 만나는 사람은 그 수를 헤아릴 수 없을 만큼 많다. 이런 사실은 나를 매우 당혹스럽게 한다. 만약에 이러한 것이 하늘의 도리라면 이것은 과연 옳은가? 그른가?[4]

사마천은 '착한 사람은 복을 받고 악한 사람은 벌을 받는다.'는 하늘의 도리에 강하게 의문을 제기한다. 세상은 올바르지 않고 법령이 금지하는 일만을 저지르면서도 한평생 호강하며 즐겁게 살고, 게다가 대를 이어서 부귀를 누리는 사람들이 있다. 이와는 달리, 하늘의 도리에 순응하면서 살아가는 사람들이 오히려 가혹한 재앙을 만나게

---

3) 『孟子集註』, 〈滕文公章句 上〉3. 陽虎曰 爲富不仁矣 爲仁不富矣
4) 사마천, 앞의 책, 65쪽.

되는 경우가 그 수를 헤아릴 수 없을 만큼 많다는 것이다.

　우리가 사는 외양적인 모습은 시간의 흐름에 따라 많이 변했지만 인간 본연의 모습은 옛날이나 지금이나, 어느 세상에서나 변함이 없는 듯하다. 인간의 끝없는 욕망과 욕심이 세상 가득 질서 없이 얽히고 설켜 경쟁적으로 난무하게 된다면 어떻게 될까? 우리의 삶은 혼란 그 자체일 것이다. 사람에게는 합당한 도리가 있는데, 만약 배불리 먹고 따뜻이 옷을 입어서 편안히 거처하기만 하고 배움이 없으면 금수와 무슨 차이가 있겠는가?

> **맹자:** 상(庠)·서(序)·학(學)·교(校)를 설치하여 백성들을 가르쳤으니, 상(庠)은 봉양한다는 뜻이요 교(校)는 가르친다는 뜻이요 서(序)는 활쏘기를 익힌다는 뜻입니다. 하(夏)나라에서는 교(校)라 하였고 은(殷)나라에서는 서(序)라 하였고 주(周)나라에서는 상(庠)이라 하였으며, 학(學)은 삼대(三代)가 이름을 함께 하였으니, 이는 모두 인륜(人倫)을 밝히는 것이었습니다. 인륜이 위에서 밝아지면 소민(小民)들이 아래에서 친해집니다.

> 『孟子集註』,〈滕文公章句 上〉3. 設爲庠序學校 以敎之 庠者養也 校者敎也 序者射也 夏曰校 殷曰序 周曰庠 學則三代共之 皆所以 明人倫也 人倫明於上 小民親於下

　요순(堯舜)시대 이후 하(夏), 은(殷), 주(周)의 왕조를 합하여 삼대라고 한다. 상서학교(庠序學校)는 모두 교육기관의 이름이다. 하나라가 기록상으로 기원적 2070년에 왕조를 개국하였다고 하니, 가르치고 배우는 교육의 오래됨을 짐작할 수 있다. 하나라의 교(校)는 백성을 가르침으로써 의의를 삼았고, 은나라의 서(序)는 활쏘기를 익힘으로써 의의를 삼았고, 주나라의 상(庠)은 노인을 봉양함으로써 의의를 삼았다. 이는 모두 향학(鄕學)이다. 그리고 학(學)은 삼대에 걸쳐 이름을 같이 썼는데, 국학(國學)을 말한다. 향학과 국학에서는 모두 인륜을 가르쳤다. 곧 부모와 자식 사이에는 친함이 있고, 임금과 신하 사이에는 의리가 있고. 남편과 아내 사이에는 분별이 있고, 어른과 어린이 사이에는 차례가 있고, 친구 사이에는 신의가 있어야 한다.

꽃씨 속에 숨어 있는
꽃을 보려면
고요히 눈이 녹기를 기다려라

꽃씨 속에 숨어 있는
잎을 보려면
흙의 가슴이 따뜻해지기를 기다려라

꽃씨 속에 숨어 있는
어머니를 만나려면
들에 나가 먼저 봄이 되어라

꽃씨 속에 숨어 있는
꽃을 보려면
평생 버리지 않았던 칼을 버려라

정호승 시인의 <꽃을 보려면>5)의 전문이다. 우리는 모두 선한 인

---

5) 정호승, 『눈물이 나면 기차를 타라』, 창작과비평사, 1999, 73쪽.

(仁)의 꽃씨(본성)를 갖고 있다. 그 꽃씨 속에는 장차 푸른 잎과 아름다운 꽃을 피울 잠재성을 담고 있다. 우리는 그 꽃과 잎을 보려면 얼어붙은 땅이 녹기를 기다려야 한다. 그리고 한 송이 꽃을 피우기 위해서는 천둥과 세찬 비바람을 견디고 이겨내야 한다. 때의 기다림, 기다림의 시간은 고난과 역경을 극복하는 시간이다. 그런데 자칫 그 기다림의 시간이 사사로운 욕심과 욕망 등으로 가려지거나 숨겨져서 본성이 그릇되게 발현되어서는 안 된다.

> **공자:** 유야, 너는 육언(六言)과 육폐(六蔽)를 들었느냐?
> **자로:** 아직 듣지 못했습니다.
> **공자:** 앉아라. 내 너에게 말해 주겠다.
> 인(仁)만 좋아하고 배움을 좋아하지 않으면 그 폐단이 어리석게(愚) 되고, 지혜(智)만 좋아하고 배움을 좋아하지 않으면 그 폐단이 방탕하게(蕩) 되고, 믿음(信)만 좋아하고 배움을 좋아하지 않으면 그 폐단이 (남을) 해치게(賊) 되고, 정직함(直)만 좋아하고 배움을 좋아하지 않으면 그 폐단이 각박하게(絞) 되고, 용맹(勇)만 좋아하고 배움을 좋아하지 않으면 그 폐단이 어지럽게(亂) 되고, 강(剛)한 것만 좋아하고 배움을 좋아하지 않으면 그 폐단이 경솔하게(狂) 된다.

『論語集註』, 〈陽貨〉8. 子曰 由也 女聞六言六蔽矣乎 對曰 未也 居吾語女 好仁不好學 其蔽也愚 好知(智)不好學 其蔽也蕩 好信不好學 其蔽也賊 好直不好學 其蔽也絞 好勇不好學 其蔽也亂 好剛不好學 其蔽也狂

중유(仲由)는 자(字)가 자로(子路)이고, 공자의 제자이다. 육언(六言), 즉 인(仁)·지혜(智)·믿음(信)·정직함(直)·용맹(勇)·강함(剛)

은 모두 아름다운 덕이다. 그러나 아름다운 덕을 좋아하기만 하고 배워서 그 이치를 밝히지 않으면, 아름다운 덕이 가리어져서 옳지 못하거나 해로운 경향으로 드러난다. 즉 육폐(六蔽)이다. 폐(蔽)는 가림이다. 육언을 좋아하기면 하고 배워서 이치를 밝히지 않으면, 각각 어리석음(愚)·방탕(蕩)·해침(賊)·각박함(絞)·어지러움(亂)·경솔(狂)한 폐단이 된다.

그래서 공자는 '배움은 따라가지 못할 듯이 하고도 오히려 잃을까 두려워해야 한다.'고 가르친다. 이것은 배우는 사람이 학문을 함에 있어서 따라가지 못할 듯이 여기면서도, 그 마음에 혹시라도 잃을까 염려해야 함을 말한 것이다.

> **공자:** 배우기만 하고 생각하지 않으면 얻음이 없고, 생각하기만
>   하고 배우지 않으면 위태롭다.

『論語集註』, 〈爲政〉15. 子曰 學而不思則罔 思而不學則殆

공자의 말에서 '생각하다'라는 말은 '익히다'와 같은 의미로 해석하더라도 무방할 것이다. 스스로 곰곰이 생각하고 생각하는 것이 익히는 것이다. 배우기만 하고 익히지 않으면 얻음이 없다. 또한 익히기만 하고 배우지 않으면 위태롭다. 우리는 자신이 경험하고 아는 것만이 진리이고 사실이라는 교만에 갇힐 수가 있다. 스승에게 배움이 없는 사람은 혼자 생각하고 생각하여 자신이 믿는 사실을 확대 재생산할 뿐이다. 스승에게 묻거나 따져서 바로잡는 것이 없다면, 그런 사람은 마치 한밤중의 전짓불이 비추는 곳만을 보는 것과 같아서 위태롭다.

공자: 배우고(學) 그것을 때때로 익히면(習) 기쁘지 않겠는가.

『論語集註』, 〈學而〉1. 子曰 學而時習之 不亦說(悅)乎

　공부는 가르치고(教), 배우고(學), 익히는(習) 과정의 연속된 반복이다.[6] 가르치고 배우는 과정 못지않게 중요한 것이 스스로 익히는 것이다. 스승으로부터 배운 것을 익히는 것은 장차 어린 새가 하늘을 높이 활주하기 위해서 수없이 날갯짓을 반복 연습하는 것과 같다. 그러나 우리는 배운 내용을 반복 연습하는 것에서 멈춰선 안 된다. 자칫 반복 연습하여 얻은 것이 버릇이나 습관에 머무를 염려가 있기 때문이다.

　'습(習)'에는 '능숙하다, 능하다' 등의 의미를 함축하고 있다. 능하고 능숙하기 위해서는 어느 '문턱'을 넘어서야만 한다. 탁구 선수가 스매싱을 잘 하기 위해서 스매싱 동작을 무한 반복하여 연습한다고 해서 훌륭한 선수가 되는 것은 아니다. 부단한 연습과 스스로 터득하는 이치가 있어야만 비로소 문턱을 넘을 수가 있다. 사람의 본성은 서로 비슷하나 익힘(習)에 의해서 서로 멀어지게 된다.[7] 배운 내용을

---

6) 『中庸章句』 20. 博學之 審問之 慎思之 明辨之 篤行之 [널리 배우며, 자세히 물으며, 신중히 생각하며, 밝게 분변하며, 독실히 행하여야 한다.] 정자(程子)는 '이 다섯 가지 중에 그 하나만 폐하여도 학문(學問)이 아니다.'라고 말했다.

7) 『論語集註』, 〈陽貨〉2. 子曰 性相近也 習相遠也. 여기서 말한 성(性)은 기질지성(氣質之性)을 말한 것이요 본연지성(本然之性)을 말한 것이 아니다. 기질(氣質)의 성(性)은 선(善)을 익히면 선해지고 악(惡)을 익히면 악해지기 때문에 서로 멀어지게 되는 것이다. 본연(本然)의 성(性)은 리(理)이고 리(理)는 선(善)하지 않음이 없으니, 맹자가 말한 성선(性善)

익힌다는 것은 그 내용이 숙성되기까지의 시간이 필요하다는 의미이다. 우리 몸에 섭취된 음식물이 소화가 되어서 영양분이 각 기관으로 전해져 기능을 할 때까지의 시간! 이러한 의미로, 사람이 어려서 배움은 장성해서 그것을 실행하기 위함이라는 말도 같은 의미로 해석될 수 있다. 우리 문화에서는 어려서부터 자식으로서 마땅히 실행해야 할 바른 길로써 효(孝)에 대한 전통을 터득하게 된다. 그러나 어려서 배운 부모에 대한 효는 실행되기가 어렵다. 경우에 따라서는, 그 자신이 부모 나이만큼의 시간이 지나서야 효를 실행하는 경우가 많다. 배워서 알고는 있었지만 능숙하지 못한 것이다. 스승이 제자에게 법도(法道)를 가르쳐줄 수는 있어도 제자로 하여금 공교하게 할 수는 없다.[8] 다시 말해서 제자 스스로 마음으로 깨닫는 바가 있어야 한다는 것이다.

따라서 '習'은 스승으로부터 배운 내용을 매일 스스로 음미하고 궁구하여 자기 몸에 익숙히 하는 것이라고 말할 수 있다. 스스로 익혀서 생각에 나아감이 있고 깨닫는 바가 있다면, 마음속에서 밝아지는 것이 있을 것이다. 그 가운데 '앎'의 기쁨이 있지 않겠는가?

이 바로 이것이다.

8) 『孟子集註』, 〈盡心章句 下〉5. 孟子曰 梓匠輪輿 能與人規矩 不能使人巧 [맹자께서 말씀하셨다. 재장(梓匠)과 윤여(輪輿)가 남에게 규거(規矩, 법도)를 가르쳐 줄 수는 있을지언정 남으로 하여금 공교하게 할 수는 없다.]

16. 국어 교과에서 한문고전의
수록 변천과 교육적 함의

유익한 좋아함이 세 가지이고 손해되는 좋아함이 세 가지가 있다.
유익함은 예악(禮樂)으로 절제하기를 좋아하며 사람의 선(善)함을
말하기 좋아하며 어진 벗이 많음을 좋아하는 것이다.
손해됨은 교만하고 즐거움을 좋아하며 편안히 노는 것을 좋아하며
향락(享樂)에 빠짐을 좋아하는 것이다.[1]

유학과 전통, 그리고 교육

우리의 전통은 현대성 속에 여전히 존재하며 직간접적으로 일상생
활에서 규범이 되며 문화의 한 축을 이루고 있다. 문화라는 단어는
넓은 의미에서 좁은 의미까지 다양한 사용법을 가지고 있다. 그러한
문화는 일련의 행위체계로 핵심은 전통 관념으로부터 유래되며, 특
히 가치체계로 구성되어 있다.[2]

삼국시대에 중국으로부터 전래된 유학이 조선 시대에서는 국가의

---

1) 『論語集註』,〈季氏〉5. 孔子曰 益者三樂 損者三樂 樂節禮樂 樂道人之
善 樂多賢友 益矣 樂驕樂 樂佚遊 樂宴樂 損矣
2) 위잉스 지음·김병환 옮김, 『동양적 가치의 재발견』, 동아시아, 2007,
16쪽.

근간을 이루는 중심사상이 되었다. 우리의 전통으로 계승되던 유학 사상은 실용주의를 바탕으로 한 서구 문명과 충돌하면서 중심에서 변두리로 물러나게 되었다. 그럼에도 1980년대 하와이대 동서센터에서 실시한 '현대사회의 유학가치'라는 조사에 의하면 동아시아에서 서울의 유학가치가 가장 완정한 것으로 나타났고, 그다음이 일본과 홍콩, 타이베이와 칭푸의 순이었다.3) 이 조사가 눈길을 끄는 것은 한국이 유학사상을 가장 완정한 모습을 유지한다는 사실보다 동아시아에서 유학사상의 영향력이 두드러지게 약화되었기 때문에 실시되었다는 점이다. 동아시아의 현대화 과정은 서양적 기본 가치의 수용과 동화인데, 이 과정에서 우리의 전통 사상으로 계승되던 유학은 제도권 교육이 지향한 가치의 변화에 의해 그 영향력이 약화되었다.

오랜 역사를 가진 전통문화의 가치체계는 구체적 형태를 갖추게 되는 역사 단계에서 형성된 것4)들인데, 그 의미 속에는 지속 가능한가라는 물음이 붙게 된다. 전통의 지속 가능성은 '지금-여기'에 살고 있는 생활인들에게 영향을 끼칠 수 있는 유의미한 내용을 포함하고 있어야 한다는 것이다. 비록 한 시대를 풍미한 선인들의 사상일지라도 현대인들의 사상과 감정에 영향을 끼칠 수 없다면, 그 사상은 약화되거나 박물관의 역사물로 비치되고 말 것이다. 그럼에도 불구하고 앞선 시대의 사상, 관습 등의 양식에는 항상 '오래된 미래'라는 가치가 내재되어 전승되고 있다. 이러한 전통의 전승 방식에서 교육

---

3) 뚜웨이밍 지음·김태성 옮김, 『문명들의 대화』, 휴머니스트, 2006, 248-249쪽.
4) 위잉스, 앞의 책, 173쪽.

은 가장 강력한 수단이다. 왜냐하면 교육의 대상은 일정 기간의 성장 과정에 있는 전 국민을 상대로 이루어지고, 교육 내용은 교육할 만한 가치가 있어야하기 때문이다. 권위 있는 국가 기관에서 정책적으로 가치를 선별하여 교육과정에 담고, 그 가치는 교과서에 구체적으로 실현되어 가르쳐진다.

우리나라의 교육과정은 1955년 제1차 교육과정이 고시된 이래로, 2015개정 교육과정까지 열 번의 개정을 하였다. 교육과정의 개편은 시기마다 교육 철학의 이념과 지향점, 교육 사조의 변화, 국가의 교육 정책, 당대의 사회·문화적인 요구, 정치 이데올로기(ideology)와 같은 사회 변혁에 영향을 받았다.

국어교육 변천 과정에서 유학사상의 수록은 부침을 겪었다. 유학 사상은 제1·2차 국어 과목과 제2차 고전 과목5)에 수록되었다가, 제3차 교육과정부터 국어 교과에서 유학사상은 전면적으로 자취를 감췄다. 제3차 교육과정이 1973년에 공포되었는데, 유학사상은 대략 36년의 시간이 흐른 뒤에 공포된 2009개정 선택 교육과정인 고전에 다시 수록되었다.

본고는 국어과 교육과정의 변천 과정에서 유학사상의 수록 변화와

---

5) 국어과 교육과정 변천史에서 유학사상은 주로 문학 과목에 수록되었다. 문학 과목이 성립되기까지는 적지 않은 시간이 필요했다. 제2·3차는 『고전』, 제4차는 『고전문학』과 『현대문학』, 제5차에 비로소 고전문학과 현대문학이 통합된 『문학』 과목이 성립되었다. 이 과정에서 제2·3차 교육과정 시기의 『고전』 과목이 국어의 심화 과정인 문학 과목의 역할을 하였다. 이에 대한 자세한 내용은 (졸고, 『고등학교 문학 교육 형성과 흐름-교수요목에서 제7차 교육과정까지의 문학 영역 및 문학 과목의 내용 변모를 중심으로』, 역락, 2017.)을 참조.

이유, 그리고 각 시기의 교육적 함의를 고찰하려는 논문이다. 이 과제는 국어과 내에서 유학사상의 변모를 드러내어 밝히는 연구로는 처음 시도된 논문이다. 연구 결과로 유학사상의 교육적 역할뿐만 아니라, 앞으로 유학사상의 현대화로 발전할 수 있는 가능성까지 가늠할 수 있는 의의가 있을 것이다. 그러나 본고는 유학사상의 현대화에 대한 구체적인 방안을 제시하지 못했다는 한계점이 있다.

본 연구를 수행하기 위해 제2차 교육과정과 2009개정 교육과정에서 발간된 고전 교과서를 대상으로 삼는다. 논의 과정에서 제1·2차 국어 교과서에 수록된 유학사상을 제외한 이유는 고전 교과서와 그 내용이 겹치고6), 특히 국어 교과서에 수록된 유학은 언해(諺解)에 방점을 두어 국어의 변천사를 학습하는 것을 목표7)로 두었기 때문이다.

---

6) 유학사상은 『고등국어Ⅲ』(제1차)와 『국어Ⅲ』(제2차)에 수록되었다. 두 시기의 대단원은 "우리말과 글의 옛 모습"에 소단원 "1.훈민정음, 2.용비어천가에서, 3.두시언해에서, 4.소학언해에서"로 동일하게 구성되었다. 『고등국어Ⅲ』에 수록된 유학사상은 "4.소학언해에서" 발췌한 내용으로 立教에서 4개의 장, 明倫에서 2개의 장, 敬身에서 1개의 장으로 모두 7개의 장이다. 『국어Ⅲ』에서는 『고등국어Ⅲ』에 수록된 입교에서 2개의 장이 줄어 든 것을 제외하면 모든 내용은 동일하다. 본고에서 고전 교과서에 빠진 내용은 필요에 따라 국어 교과서에 수록된 내용을 인용하겠다.
7) 제1·2차 국어 교과서에 학습 목표가 제시되지 않기 때문에 익힘 문제를 통해 단원 학습 목표를 유추해 볼 수 있는데, 두 시기의 익힘 문제는 동일하다. 국어 교과서에 수록된 소학언해를 학습한 후의 익힘 문제는 다음과 같다. 1.이글 가운데서 현대어에 'ㅈ·ㅊ'으로 변해 버린 'ㄷ·ㅌ' 소리의 낱말을 찾아내라. 그 낱말에 있어서 'ㄷ·ㅌ'이 어떠한 조건 밑에 놓이어 있는가를 자세히 따지어 보라. / 2.이 글에서 'ㅣ'가 쓰인 낱말을 모아서, 어떠한 경우에 쓰이었는가를 조사해 보라. / 3.이 글

제2차 교육과정에서 유학의 수록 변화와 중심사상

1) 유학사상의 수록과 변화 이유

우리나라가 본격적으로 산업화의 길로 접어들기 전에 유학은 동아시아의 정치 이데올로기, 사회윤리, 가족의 가치를 규정짓는 가장 영향력 있는 사상체계였다. 우리의 교육과정 변천사에서 유학사상은 제1·2차 국어과 교육과정에 수록되었다가, 제3차 이후에는 철저히 배제되었다. 제2차 교육과정은 5.16군사정변으로 출범한 제3공화국의 교육정책이 반영되어, 제1차 교육과정이 시작된 지 8년 정도의 시간이 경과한 1963년 2월 15일에 문교부령 제121호로 제정·공포되었다.

제2차 국어과 교육과정은 국어 I 과 국어 II 로 구분하였는데, 국어 II 는 국어 I 를 심화 확충한 것이다. 국어 II 는 현대문, 고전(국어, 국문학), 문법, 작문의 과정과 한문 과정이 포함되었다. 그리고 교육과정 내용은 고전 과정과 한문 과정으로 구분하여 기술하였다. 두 과정의 체계는 '(1)의의와 목표, (2)지도 내용, (3)지도상의 유의점, 참고자료'로 구성되었다. '참고자료'[8])에서 『고전』 과목에 수록할 자료를 '한

가운데 쓰인 '사이 ㅅ'을 모아서 각각 어떠한 뜻이 있는가 살펴보라.(문교부, 『고등국어Ⅲ』, 대한교과서주식회사, 단기 4292, 107쪽.)

8) 한문 지도의 자료는 실로 방대한 것이나, 가장 중요한 부록만을 추려 열거하면 다음과 같다. 1.한민족의 손으로 된 서적 (1)경서:사서, 오경 등 (2)사서:24사 자치통감, 18사략, 전국책 등 (3)子書:장자, 순자, 한비자, 淮南子, 管子, 說苑 등 (4)명가의 산문:당송 팔대가문, 騈儷文 등 (5)전기 소설류:전기 소설, 삼국지 등 (6)기타의 산문:蒙求, 소학, 근사록,

민족의 손으로 된 서적'(중국인)과 '우리 민족의 손으로 된 서적'(한국인)으로 구분하여 지침을 제시하였다. 결국 고전을 학습함으로써 한학이 우리 문화에 미친 영향과 동아시아 속의 민족 문화의 특질을 이해시키려 했다.[9] 이러한 의도는 한문 과정의 의의[10]와 목표[11], 지도 내용[12]에서 두드러지게 나타난다.

제2차 교육과정의 고전 교과서는 인문계와 실업계로 나누어 출간되었는데, 필자는 인문계 고전 교과서 9종을 확인하였다.[13] 고전의 교과서명은 『고전』, 『모범 고전』, 『우리 고전』 등으로 출간되었다.

공자가어 등 (7)고금의 유명한 시집:당시, 기타 (8)병서류 2.우리 민족의 손으로 된 서적 (1)사서:삼국사기, 삼국유사, 東史綱目, 고려사, 증보 문헌비고, 사천년 문헌통고, 이조실록 등 (2)기타 산문:해동 소학, 동몽 선습, 지봉유설, 동문선 등 (3)각종 문집:정포은집, 퇴계전집, 율곡전집, 우암집, 연암집 등 (4)시:대동시선 등.(교육과정에 관한 내용은 NCIC국가교육과정정보센터에서 인용하였다.)

9) 고전 과정의 의의는 국어와 국문학의 변천 및 현대 언어와 문학과의 관련성을 알림으로써, 민족 문화 발전의 기틀을 마련하도록 한다.

10) 중학교에서 학습한 한자 및 한자어 지식을 기초로 하여, 평이한 산문류, 사서류, 시가류 및 경서류를 과하여, 한학 특유의 취의를 파악하게 하고, 한학이 우리 문화에 미친 영향과 동양 문화의 연원을 인식하여, 건실한 인격 도야에 이바지하도록 한다.

11) 한학이 우리 문화에 미친 영향과 동양 문화의 특질을 이해시킨다.

12) 한학과 국문학과의 관계를 알게 한다./ 한학과 동양 문화와의 관계를 알게 한다.

13) ①김기동·정주동·정익섭, 『고전』, 교학사, 1975. ②김성재, 『모범고전』, 일지사, 1968. ③김윤경, 『고전』, 문호사, 1968. ④박병채, 『우리고전』, 박영사, 196*. ⑤이용주·구인환, 『고전』, 법문사, 1968. ⑥이숭녕·남광우, 『고전』, 동아출판사, 1975. ⑦이재수·서수생, 『고전』, 일한도서출판사, 1967, ⑧임헌도, 『모범고전』, 영지문화사, 196*. ⑨한원영, 『고전』, 삼화출판사, 1968.(밑줄 친 고전 교과서에 유학 사상이 수록되었다.)

9종의 고전 교과서 중에서 유학사상은 5종에 수록되었는데, 그 내용을 표로 보이면 다음과 같다.

[표 1] 제2차 고전 교과서에 수록된 유학사상

구분	소학(小學)				논어(論語)					맹자(孟子)
	입교(立教)	명륜(明倫)	계고(稽古)	선행(善行)	학이(學而)	위정(爲政)	술이(述而)	태백(泰伯)	자한(子罕)	진심(상)盡心(上)
문호(김)	2									
법문(이)	2	1			2	1	1		1	2
동아(이)		4	1							
일한(이)				3						
영지(임)					3	1		2		

[표 1]에 제시된 유학 내용은 고전 교과서에 언해와 원문이 동시에 수록되었다. 고전 교과서에 유학 내용이 언급된 횟수는 소학 13회, 논어 11회, 맹자 2회이다.

제2차 교육과정까지 제도권 교육에서 유학사상을 교과서에 수록하여 가르치는 것에 대해 무리 없이 받아들여졌던 것으로 보인다. 그것은 우리의 문화 범주에 한자 및 한학이 자연스럽게 포함되었으며, 당시의 교과서 집필진들은 우리 사회에서 한문에 관한 높은 수준의 소양을 갖춘 지식인 집단이었다. 그런데 제3차 교육과정부터 2009 개정 교육과정이 공포될 때까지, 대략 36년 동안 왜 국어 교과에서 유학 사상은 사라졌을까?

첫째, 제3차 교육과정부터 한문 교과가 국어 교과에서 분리 독립하였다. 제2차 교육과정까지 한문 문학의 위치(position)는 국어 I 에서 읽기 영역의 고전학습으로, 국어 I 이 심화 확장된 국어 II 의 고전 과정과 한문 과정에서 기술되었다. 한문 교과가 성립됨으로써 제3차의 『고전』, 제4차의 『고전문학』 교과서에 유학사상은 한 편도 수록되지 않았다.

둘째, 국어과 교육과정상에서 민족문화의 개념이 한국적인 민족문화로 범주가 재설정 되었다. 여기서 민족문화는 언어를 바탕으로 한 민족문화를 가리킨다. 일제강점과 광복, 한국전쟁을 통과하며 과거 선조로부터 상속된 유산을 회복하여 재배치하고, 나아가 새로운 길을 모색하기 위한 역사적 공감대로서의 민족문화는 우리의 정체성 확보를 위한 중요한 가치가 되었다. 제도권 교육에서의 민족문화 형성과 발전에 관한 내용은 언어 교육에서 살펴볼 수 있다. 한 민족의 언어와 문화는 불가분의 관계에 있다. 언어는 문화의 거울이고 문화 속에서 사용된다. 그러므로 언어를 배운다는 것은 한 민족의 전통적인 관습, 가치관, 제도나 일상적인 생활 습관 등을 포괄한 문화 전체에 대한 이해를 전제로 한다.14) 제3차 국어과 교육과정상에서 국어와 국어로 표현된 문화를 깊이 사랑하고 이해를 넓게 하여 민족문화 발전에 기여15)하도록 한 목표 설정에서 유학사상은 언어 민족주의 잣대로 인해 국어 교과에서 배제되었다.

셋째, 대외적으로 동아시아에서 유학의 가치 변화에 영향을 받았다. 특히 중국은 아편전쟁(1차:1839-1842, 2차:1856-1860)과 5·4운동

---

14) 최창헌, 「교수요목기의 민족문화 형성과 발전-국정중등 국어교과서에 수록된 작품을 중심으로」, 『한민족문화연구』53, 한민족문화학회, 2016, 32-33쪽.

15) 제3차 고등학교 국어과 교육과정

(1919), 문화대혁명(1966-1976)을 겪으면서 유학은 주류 학문에서 갑자기 주변화되고 심지어 철저히 해체되어 생명력을 완전히 잃어버리게 되었다.16) 서양의 추상화·이론화·논리화라는 외재적 계통의 사상이 실제적이고 인생 문제를 다룬 내재적 계통의 동아시아 사상을 대체하게 되었다.17) 공자의 나라 중국에서 유학이 배척되는 상황은 우리에게도 영향을 끼쳤을 것으로 보인다. 공자가 죽어야 나라가 산다는 견해가 있는가 하면 공자가 살아야 나라가 산다는 상반된 견해는 우리의 전통문화 속에서 작동하던 유학의 가치체계가 변화되는 모습을 보여주는 단적인 사례가 될 것이다.

넷째, 우리나라는 산업화·도시화 과정에서 전통으로 계승되던 유학사상을 버리고, 서구 세계의 가치 체계를 받아들여 그들과 동질화되려는 과정을 겪었다. 제3차 교육과정은 1968년 국민교육헌장, 1969년의 3선 개헌, 1971년의 대통령 선거와 비상사태선포, 1972년의 유신헌법 제정의 연속선상에서 진행되었다. 특히 국어 교육과정의 방향은 1970년대의 한국 사회를 특징짓는 새마을 운동과 관련된 교육 내용이 전체 분위기를 결정지었다. 제3차 교육과정의 제재 선정의 기준에서 '새마을 운동의 전개, 유신 과업의 수행 등 국가 발전을 위한 사업에 적극적으로 참여, 이를 선도하려는 태도를 기름에 도움

---

16) 뚜웨이밍, 앞의 책, 242쪽.
17) 이러한 지적이 가능한 이유는 공부의 대상이 동아시아와 서양이 근본적으로 다르다는 점이다. 내향문화는 인문영역 안의 문제에 치중하고 외향문화는 인문영역 밖의 자연이나 혹은 그 이상의 종교적 문제에 치중한다. 여기서 동아시아가 과학을 발전시키지 못한 원인이 문화적 배경에 있음을 알 수 있다.(위잉스, 앞의 책, 90-91쪽.)

이 되는 것.'18)을 국어 교과서에 수록하도록 명문화했다. 이 과정에서 실용주의를 바탕으로 한 경제 성장에 몰두함으로써 전통적인 유학 사상은 배제되었다.

2) 존재의 도덕적 자기수양19)

제2차 교육과정의 고전 교과서의 유학사상은 『소학』20), 『논어』, 『맹자』 중심으로 인간성과 인간관계 속에서 존재의 도덕적 함양을 위한 자기 수양과 관련된 내용들이 수록되었다. 여기서 자기수양이 란 자기의 감정과 지식의 지평을 확장하여 외부 세계에 자기를 개방 하려는 의식적인 노력이다.21) 고전 교과서에 수록된 유학의 가르침 을 가려내면 효(孝)와 교육(敎, 學, 習), 교우(交友)에 관련된 내용으 로 대별해 볼 수 있다.

---

18) 제3차 고등학교 국어과 교육과정
19) 제2차 고전 교과서에 수록된 『소학』, 『논어』, 『맹자』의 단원 구성을 고 려할 때, 유학사상의 내용을 교수-학습하기 위한 것보다 훈민정음, 용비 어천가, 두시언해 등과 마찬가지로 우리의 중세 언어를 익히는 텍스트 로써의 기능을 더 고려한 것으로 보인다. 그러나 본고에서는 우리의 중세 언어를 교수-학습하는 과정에서 학습자에게 유학사상이 자연스럽 게 전이되고 내면화 된다는 측면에서 수록된 유학사상의 내용을 중심으 로 논의를 전개하겠다.
20) 중국 송나라의 劉子澄이 주희의 가르침으로 지은 초학자들의 수양서. 소학은 자신과 타인의 관계성을 구체적·현실적·실천적 지향으로 추구 했다. 이런 소학은 사서오경에 버금가는 텍스트로 취급 받기도 했지만, 시대적 환경의 변화에 그 위상은 불안정했다.
21) 뚜웨이밍 지음·정용환 옮김, 『뚜웨이밍의 유학 강의』, 청계, 1999, 117 쪽. 위잉스는 자아수양의 최종 목적을 인륜질서와 우주질서의 포섭적 화해 속에서 자아를 구하는 것으로 보았다.(위잉스, 앞의 책, 136쪽.)

유학의 본질은 너무나 평범한 것, 유학이라는 말만 들으면 누구나 익히 알고 있는 효제(孝弟)의 윤리에 있다. 효제의 윤리에 대해 이야기하지 않는다면 유학에 대해 아무 것도 말하지 않은 것이나 마찬가지다.[22] 『주례(周禮)』에 대사도(大司徒)가 백성을 여덟 가지 형벌[23]로 규찰(糾察)하였는데, 그 첫째가 불효하는 형벌이었다. 공자는 효의 시작과 끝을 다음과 같이 가르치고 있다.

孔ᄌ(孔子)ㅣ 증ᄌ(曾子) ᄃ려 닐러 글ᄋ샤ᄃᆡ 몸이며 얼굴이며 머리털이며 술흔 부모(父母)씌 밧ᄌ온 거리라. 감(敢)히 헐워 샹히오디 아니홈이 효도의 비르슴이오, 몸을 셰워 도(道)를 힝(行)ᄒ야 일홈을 후셰(後世)예 베퍼 뻐 부모(父母)를 현뎌케 홈이 효도의 ᄆ춤이니라.[24]

孔子謂曾子曰 身體髮膚 受之父母 不敢毀傷 孝之始也 立身行道 揚名於後世 以顯父母 孝之終也

위의 장은 『소학』의 <명륜>에서 발췌한 것으로 공자가 증자에게 효에 대해 말한 내용이다. 효는 부모로부터 받은 신체와 모발과 살을 헐어 상하게 하지 않는 것이 시작이고, 몸을 세우고 도를 행하여 후세에 이름을 드날려 부모를 드러나게 하는 것이 효의 마지막이다.

---

22) 최진덕, 『인문학, 철학, 그리고 유학』, 창비, 2004, 206쪽.
23) 以鄕八刑糾萬民 一曰不孝之刑 二曰 不睦之刑 三曰不婣之刑 四曰不弟之刑 五曰不任之刑 六曰不恤之刑 七曰造言之刑 八曰亂民之刑(김윤경, 『고전』, 문호사, 1968, 100-101쪽.] 본고에서 인용된 유학사상의 출전은 수록된 고전 교과서로 표시한다.
24) 이용주·구인환, 앞의 책, 98쪽.

공자의 가르침을 받은 증자는 병환 중에 스승의 가르침에 대해 다음
과 같이 실천하는 모습을 보인다.

> 증ᄌᆞ(曾子)ㅣ 병(病)이 겨샤 문뎨자(門弟子)를 블너 ᄀᆞᆯ오샤ᄃᆡ, 내
> 발을 계(啓)ᄒᆞ며 내 손을 계(啓)ᄒᆞ며 내 손을 계(啓)ᄒᆞ라. 시(詩)
> 에 닐오ᄃᆡ 전전(戰戰)ᄒᆞ며 긍긍(兢兢)ᄒᆞ야 깁흔 못을 니나듯 ᄒᆞ
> 며 엷은 어름을 밟듯 ᄒᆞ다 ᄒᆞ니, 이제 후(後)에야 내 면(免)홈을
> 알과라 소ᄌᆞ(小子)아.25)

> 曾子有疾 召門弟子曰 啓豫足 啓豫手 詩云 戰戰兢兢 如臨深淵
> 如履薄氷 而今而後 吾知免夫 小子

위의 장은 『논어』의 <태백>에 있는 내용이다. 증자는 제자들에게
이불을 헤쳐 자신의 손발을 보이며, 부모로부터 받은 신체가 훼상(毁
傷)되지 않았음을 증명해 보이고 있다. 그는 공자의 가르침인 효를
행하기 위해 깊은 못에 임한 듯이 하고, 얇은 얼음을 밟는 듯이 두려
워하고(戰戰) 경계하고 삼갔다(兢兢). 증자에게 효의 실천은 일생을
통해 한순간도 놓을 수 없는 자기 수양의 과정이었음을 알 수 있다.

> 曾증子ᄌᆞㅣ ᄀᆞᆯ오샤ᄃᆡ, 孝효子ᄌᆞ의 늘그시니 치기는 그 ᄆᆞᄋᆞᆷ을
> 즐기식 ᄒᆞ며, 그 ᄠᅳᆮ을 어그릇디 아니ᄒᆞ며, 그 귀눈에 즐거우시게
> ᄒᆞ며, 그 자시며 겨샤믈 편안ᄒᆞ시게 ᄒᆞ며, 그 飮음食식으로 뻐
> 튱셩되이 치ᄂᆞ니라. 이런 故고로 父부母모의 ᄉᆞ랑ᄒᆞ시는 바를
> ᄯᅩ ᄉᆞ랑ᄒᆞ며, 父부母모의 공경ᄒᆞ시는 바를 공경홀디니, 개며 ᄆᆞᆯ
> 게 니르러도 다 그리홀 거시온, ᄒᆞ믈며 사ᄅᆞᆷ애ᄯᆞ녀26)

---

25) 임헌도, 앞의 책, 93쪽.

曾子曰 孝子之養老也 樂其心 不違其志 樂其耳目 安其寢處 以其
飮食忠養之 是故 父母之所愛 亦愛之 父母之所敬 亦敬之 至於犬
馬 盡然而況於人乎

또한 증자는 효자가 늙으신 부모께 평소의 생활에서 행해야 할
실천 내용을 다섯 가지로 제시하였다. 그것은 부모의 마음을 즐겁게
하고, 뜻을 어기지 않으며, 귀와 눈을 즐겁게 하며, 잠자리와 거처를
편안하게 하며, 음식으로 정성껏 봉양하는 것이다. 이러한 효자의
덕목들은 인간으로서 스스로 지키고 마땅히 행해야만 하는 규범적인
성격을 가지고 있다. 만약 효를 행하지 않는다면, 개나 말보다도 못한
인간이 되기 때문이다.

曲곡禮례예 글오딕, 믈읫 사룸이 ᄌ식 되연ᄂ는 禮례ᄂ는 겨을히어
든 ᄃ스시게 ᄒ고 녀름이어든 서늘ᄒ시게 ᄒ며, 어을미어든 定뎡
ᄒ고 새박이어든 ᄉ피며, 나갈 제 반ᄃ시 엳ᄌ오며 도라옴애 반
ᄃ시 뵈ᄋ오며, ᄃ니ᄂ는 ᄇ롤 반ᄃ시 덛덛ᄒ ᄃ를 두며, 니기ᄂ는
바롤 반ᄃ시 소업을 두며, 샹롓말애 늘고라 일쿨디 아니롤디니
라.27)

曲禮曰 凡爲人子之禮 冬溫而夏凊 昏定而晨省 出必告 反必面 所
遊必有常 所習必有業 恒言不稱老

禮례記기예 글오딕 아비 命명ᄒ야 브르거시든 셜리 딕답ᄒ고,
諾락디 아니ᄒ야 손애 일을 잡앗거든 더디며, 밥이 입에 잇거든

---

26) 이숭녕·남광우, 앞의 책, 196쪽.
27) 이숭녕·남광우, 앞의 책, 195쪽.

비완고, 두름으로 가고 주조 거를만 아니 흘디니라. 어버이 늘그
시거든 나가매 방소를 밧고디 아니ᄒ며, 도라옴애 ᄢᆡ를 넘우디
아니ᄒ며, 어버이 병ᄒᆞ얏거시든 ᄂᆞ빗츨 펴디 아니홈이 이 孝효子
ᄌᆞ의 소략ᄒᆞᆫ 례절이니라. 아비 업스시거든 ᄎᆞ마 아비척을 넑디
몯홈은 손ᄢᆡ이 이실ᄉᆡ며, 엄이 업스시거든 잔과 그릇슬 ᄎᆞ마 먹
디 몯홈은 입김 ᄯᅴ운이 이실ᄉᆡ니라.[28]

禮記曰 父命呼 唯而不諾 手執業則投之 食在口則吐之 走而不趨
親老出不易方 復不過時親癠 色容不盛 此孝子之疎節也 父沒而
不能讀不之書 手澤存焉爾 母沒而杯圈 不能飮焉 口澤之氣 存焉
爾

　『소학』에는 효의 실천 방법들에 대해 아주 구체적(detail)으로 기술
되어 있다. 위 두 인용문은『소학』의 <명륜>에 수록된 내용으로, 일상
생활에서 어떻게 효를 실행할 것인가에 대한 구체적인 내용이다. 부
모가 부르면 일을 하는 중이라도 일감을 놓고 혹은 음식이 입에 있으
면 뱉고, 빨리 대답하고 달려가야 한다. 외출을 하더라도 부모께 말씀
드린 장소를 변경하지 말고 돌아오는 시간이 늦지 않아야 한다. 왜냐
하면 장소를 바꾸면 부모가 자기를 부를 적에 소재지를 알지 못할까
염려해서요, 시기가 지나면 기일을 놓쳐 부모에게 걱정을 끼칠까 염
려해서이다.[29] 만약 부모가 병이 있으면 부모 앞에서 얼굴 모양을
혈기왕성하게 하지 말아야 한다. 또한 부모의 잠자리와 거처는 겨울
에는 따뜻하게 여름에는 시원하게 해드리며, 저녁에는 이부자리를

---

28) 이숭녕·남광우, 앞의 책, 195-196쪽.
29) 성백효 역주,『소학집주』, 전통문화연구회, 2004, 93쪽.

정해드리고 새벽에는 안부를 살펴야 한다.

> 즈(子) | 글 ㅇ샤딕 뎨즈(弟子) | 드러는 효(孝)ㅎ고 나는 뎨(弟)
> ㅎ며 근(謹)ㅎ며 신(信)ㅎ며 너비 즁(衆)을 애(愛)ㅎ딕 인(仁)을
> 친(親)홀띠니, 힝(行)홈애 남은 힘이 잇거든 곧 뻐 글을 학(學)홀
> 띠니라.30)

> 孔子曰 弟子 入則**孝** 出則**弟** 謹而信 汎愛衆 而親仁 行有餘力 則
> 以學文(밑줄은 필자)

위의 장은 『논어』의 <학이>에 나오는 말로, 공자는 제자에게 집에
들어가서는 효도하고 나아가서는 공손하라고 말한다. 이를 보아 유
학의 핵심적인 윤리가 효제에 있음을 알 수 있다. 효제는 행실을
삼가고 말을 미덥게 하며, 널리 여러 사람을 사랑하되 인(仁)한 자를
가깝게 하는 것이다. 그리고 효제를 행한 후에 여가를 써서 글을
배워야 한다고 가르치고 있다. 정자(程子)는 이 문장에 대해 '제자가
된 직분은 힘이 남음이 있으면 글을 배우는 것이니, 그 직분을 닦지
않고 문을 먼저 함은 위기(爲己)의 학문(學文)이 아니다.'31)라고 주석
을 달았다.

유학에서 가르치고 배우는 것은 교(敎), 학(學), 습(習)으로 상황에
따라 달리 사용되었다. 교(敎)는 스승이 성인의 말씀을 가르치는 것
에 중점을 두었고, 학(學)은 제자가 스승의 가르침을 배우는 과정에

---

30) 임헌도, 앞의 책, 92쪽.
31) 『論語集註』, <學而>6. 程子曰 爲弟子之職 力有餘則學文 不修其職而
    先文 非爲己之學也

중점을 두었고, 습(習)은 스승의 가르침을 되새김하며 스스로 터득하는 과정에 중점을 두었다.

맹(孟)子ㅣ 골ᄋᆞ샤ᄃᆡ 사ᄅᆞᆷ이 道ㅣ 이스ᄆᆡ, 먹기를 빈불니 ᄒᆞ며 옷을 더옵게 ᄒᆞ야 편안이 잇고, ᄀᆞᄅ침이 업스면 곧 즘승에 갓가 오릴식 聖人이 근심홈을 무사 契로 ᄒᆡ이곰 司徒를 ᄒᆡ이샤 ᄀᆞᄅ치되 人륜(倫)으로써 ᄒᆞ시니 아비와 아ᄃᆞᆯ이 親홈이 이시며 닌군과 신하ㅣ 義ㅣ 이시며, 남편과 계집이 분별이 이시며 일운과 져무니 차례 이시며 벗이 밋붐이 이심이니라.[32]

孟子曰 人之有道也 飽食暖衣 逸居而無教 則近於禽獸 聖人有憂之 使契 爲司徒 **教**以人倫 父子有親 君臣有義 夫婦有別 長幼有序 朋友有信(밑줄은 필자)

위의 장은 『소학』의 <입교>에 나오는 맹자의 말이다. 맹자는 사람에게 道가 있는데, 가르치지 않으면 사람은 배불리 먹고 따뜻하게 입어 편안히 살기만 하는 욕망에 의해 도(道)가 가려져 금수에 가깝게 된다. 그래서 사람에게 인륜을 가르쳐야(敎) 한다. 이에 주자(朱子)는 '사람에게 도가 있다는 것은 사람이 모두 병이(秉彝)의 성(性)을 가지고 있음을 말한 것이다. 그러나 가르침이 없으면 또한 방일(放逸)하고 태타(怠惰)하여 이것을 잃는다.'[33] 따라서 교(敎)는 사람이 타고난 성(性)이 방탕하게 놀거나 게으름에 의해서 가려지는 것을

---

32) 김윤경, 앞의 책, 100쪽.
33) 『孟子集註』, <滕文公章句>4. 人之有道 言其皆有秉彝之性也 然無教 則亦放逸怠惰而失之(227쪽.)

막고 사람의 도리로 이끌어 안내하는 것이다.

> 졔ᄌ직(弟子職)에 글오듸, 션ᄉᆡᆼ(先生)이 ᄀᆞ르치믈 베프거시든,
> 뎨ᄌ(弟子)ㅣ 이에 법 바다 온화ᄒᆞ며 공손ᄒᆞ야 스스로 허심ᄒᆞ야
> 비오ᄂᆞᆫ 바를 이에 극진히 홀띠니라. 어딘 일을 보고 조추며 맛당
> ᄒᆞᆫ 일을 드러든 힝ᄒᆞ며 온공ᄒᆞ며 유화ᄒᆞ며 효도ᄒᆞ며 공슌ᄒᆞ야
> 교만ᄒᆞ야 힘을 믿디 마롤띠니라. ᄠᅳᆮ을 거즛 되고 샤곡히 말며,
> 힝실을 반ᄃᆞ시 졍(定)ᄒᆞ고 곧게 ᄒᆞ며, 놀며 이심을 덛덛ᄒᆞᆫ 곳올
> 두되 반ᄃᆞ시 덕(德)을 둔ᄂᆞᆫ 듸 나아갈띠니라. ᄂᆞᆺ빗츨 졍졔(整齊)
> ᄒᆞ면 속 ᄆᆞᄋᆞᆷ이 반ᄃᆞ시 공경ᄒᆞᄂᆞ니, 일 닐고 밤 들거든 자, 옷과
> ᄯᅴ를 반ᄃᆞ시 졍졔홀띠니라. 아ᄎᆞᆷ의 더 비ᄒᆞ고 나조히 니겨 ᄆᆞᄋᆞᆷ
> 을 적게 ᄒᆞ야 공경홀띠니, 이예 ᄒᆞᆫ굴ᄀᆞ티 ᄒᆞ야 게을리 아니홈이
> 이 닐은 비ᄒᆞᄂᆞᆫ 법이니라.[34]

> 弟子職曰 先生施**敎** 弟子是則 溫恭自虛 所受是極 見善從之 聞義
> 則服 溫柔孝弟 毋驕恃力 志毋虛邪 行必正直 游居有常 必就有德
> 顔色整齊 中心必式 夙興夜寐 衣帶必飭 朝益暮**習** 小心翼翼 一此
> 不懈 是謂**學**則(밑줄은 필자)

위의 장은 『소학』의 <입교>에 나오는 말로, <제자직(弟子職)>은
관중(管仲)이 지은 『관자(管子)』의 편명이다. 위의 내용은 스승의 가
르침(敎)에 제자가 배우고(學) 익히는(習) 법에 대해 말한 것이다.

제자는 스승의 가르침을 극진히 해야 한다.(所受是極) 여기서 '극
(極)'은 '극진하다, 지극하다, 다하다'의 의미로 쓰였다. 스승의 가르

---

34) 이용주·구인환, 앞의 책, 97-98쪽.

침을 극진하게 하려면 스스로 되새기며 그 뜻을 궁구해야 할 것이다. 이런 뜻에서 여기서 극(極)은 '습(習)'과 같은 의미로 해석된다. 아침에 배우고 저녁에 그 내용을 생각하며 익히는 것이다.(朝益暮習) 공자가 말한 '배우고(學) 그것을 때때로 익히면(習) 기쁘지 않겠는가.'[35]라는 말도 같은 맥락에서 생각할 수 있을 것이다. 또한 공자는 의식주에 구애되지 않고 도가 있는 사람에게 나아가 바로잡으면 배움(學)을 좋아하는 사람으로, 그가 바로 군자(君子)[36]라고 했다. 군자는 배움을 좋아하는 사람인데, 공자는 배움의 대상에 대해서 성인이나 군자로 한정하지 않고 모든 사람에게 그 나름의 배울 점이 있음을 말한다. 좋은 점이 있는 사람에게는 그것을 배우고, 좋지 못한 점이 있는 사람에게는 그를 타산지석(他山之石)으로 삼아 나의 허물을 바로잡아야 한다[37]고 가르치고 있다.

> 증ᄌᆞ(曾子) ㅣ ᄀᆞᆯᄋᆞ샤ᄃᆡ, 내 날로 세 가지로 내 몸을 술피노니, 사ᄅᆞᆷ을 위(爲)ᄒᆞ야 모(謀)홈애 튱(忠)티 몯ᄒᆞᆫ가, 붕우(朋友)로 더브러 교(交)홈애 신(信)티 몯ᄒᆞᆫ가, 젼(傳)코 습(習)디 몯ᄒᆞᆫ개니라.[38]

---

35) 子曰 學而時習之 不亦說乎 有朋自遠方來 不亦樂乎 人不知而不慍 不亦君子乎(임헌도, 앞의 책, 91쪽)

36) 孔子曰 君子食無求飽 居無求安 敏於事而愼於言 就有道而正焉 可謂好學也已(문교부, 『국어Ⅲ』, 1968, 105쪽) 군자는 기본적으로 6예를 습득한 '사'의 단계를 뛰어넘어 고등학문인 시·서·예·악의 학문을 닦아 이를 실천에 옮기는 자를 뜻한다.(신동준, 『공자의 군자학』, 인간사랑, 2006, 27쪽.)

37) 子曰 三人行 必有我師焉 擇其善者而從之 其不善者而改之(이용주·구인환, 앞의 책, 100쪽)

曾子曰 吾日三省吾身 爲人謀而不忠乎 與朋友交而不信乎 傳不
習乎(밑줄은 필자)

『논어』의 <학이>에 나오는 말로, 증자는 날마다 세 가지(忠·信
·習)로 자신의 몸을 살폈다. 그 하나가 습(習)인데, 스승으로부터
배운(學) 내용을 매일 스스로 음미하고 궁구하여 자기 몸에 익숙히
하는 것을 성찰하였다. 그리고 다른 하나는 교우(交友)에서의 성실함
(信)이다. 벗과 사귐에 항상 성실했는가를 성찰하였다.

> 유익흔 이 세 가짓 벋이오, 해로운 이 세 가짓 벋이니, 벋이 直딕
> 흔 이를 벋흐며, 신실흔 이를 벋흐며, 들온 것 한 이를 벋흐면
> 유익흐고, 거동만 니근 이를 벋흐며, 아당흐기 잘흐는 이를 벋흐
> 며, 말솜만 니근 이를 벋흐면 해로온이라.39)

> 益者三友 損者三友 友直 友諒 友多聞 益矣 友便辟 友善柔 友便
> 佞 損矣

공자는 유익한 벗과 손해되는 벗을 각각 세 가지로 말했다. 벗이
곧으면 자신의 허물을 들을 수 있고, 벗이 성실하면 성실(誠實)함에
나아가고, 벗이 견문이 많으면 지혜가 밝아짐에 나아가게 된다. 편
(便)은 익숙함이다. 편벽(便辟)은 외모에만 익숙하고 곧지 못함을 이
르며, 선유(善柔)는 아첨하여 기쁘게 하는 데만 잘하고 성실하지 못
함을 이르며, 편녕(便佞)은 말에만 숙달하고 견문의 실제가 없음을

---

38) 임헌도, 앞의 책, 91쪽.
39) 문교부, 앞의 책, 219쪽.

이른다. 이 세 가지의 손해됨과 유익함은 서로 정반대(正反對)가 된다.[40]

이 장에서는 제2차 고전 교과서에 수록된 유학의 내용을 살펴봤는데, 교과서에 담긴 유학 사상은 주로 효(孝), 교육(敎, 學, 習), 교우(交友)에 관련되었다. 교과서에 수록된 유학의 내용을 학습한 뒤에 학생들의 학업 성취도를 묻는 '익힘 문제'를 살펴볼 필요가 있다. 왜냐하면 익힘 문제를 통해 해당 내용의 교수-학습 목표와 수록 의도를 파악할 수 있기 때문이다.

1. 논어에 비친 가르침이 우리 생활을 어떻게 이끌어 왔는지 조사해 보자.
2. 논어와 함께 중국의 四書로 전하는 것에는 어떤 것이 있는지 알아보자.
3. 윗글에 'ㅣ'가 쓰인 것으로 보아 어느 경우에 쓰였는지 알아보자.[41]

위에 인용된 익힘 문제는 『논어』의 내용과 언해 당시의 문법을 이해하는 것으로 구성되었다. 결과적으로 익힘 문제는 유학 사상을 충실히 이해하는 것에 머무르고 있다. 다시 말해서 유학사상이 현대 사회 속에서 어떻게 유의미하게 작동될 수 있는가에 대한 질문으로 확장되지는 못했다.

---

40) 『論語集註』, <季氏>4. 友直則聞其過 友諒則進於誠 友多聞則進於明 便辟熟也 便辟 謂習於威儀而不直 善柔 謂工於媚悅而不諒 便佞 謂習於口語而無聞見之實 三者損益 正相反也
41) 임헌도, 앞의 책, 93쪽.

2009개정 교육과정에서 유학의 수록과 중심사상

1) 다시 수록된 유학사상

제3차 교육과정부터 2009개정 교육과정이 제정 공포될 때가지, 대략 36년간 국어 교과에 유학 사상은 수록되지 않았다. 앞에서 그 이유를 한문 교과의 성립과 한국적인 민족문화의 지향, 그리고 대외적인 유학사상의 동향과 우리나라의 산업화 과정을 그 원인으로 살폈다.

그런데 2009개정 국어과 선택 교육과정인 『고전』 과목에 유학 내용이 다시 수록되었다. 교육과정상에서 고전 과목은 우리나라와 세계의 고전을 제재로 한 통합적인 국어 활동을 통해 교양인이 갖추어야 할 수준 높은 국어 능력을 심화하는 과목이다. 이 과목은 『국어』와 『국어Ⅰ』, 『국어Ⅱ』를 심화·발전시킨 과목이며 『화법과 작문』, 『독서와 문법』, 『문학』의 통합적 성격[42]을 갖고 있다.[43]

고전 과목의 목표는 '①고전의 가치와 고전을 통한 국어 능력 심화의 중요성을 인식한다. ②다양한 고전을 제재로 한 국어 활동을 통하여 교양을 형성하고 교양인으로서의 국어 능력을 심화한다. ③고전과의 소통을 생활화하여 교양을 쌓고 수준 높은 국어 생활을 영위하는 태도를 기르는 것'으로 삼았다.

---

[42] 2009개정 고등학교 고전 교육과정

[43] 2015개정 국어과 교육과정은 2018년부터 고등학교에 적용된다. 2015개정 국어과 교육과정에서는 『국어』, 『화법과 작문』, 『독서』, 『언어와 매체』, 『문학』, 『실용국어』, 『심화국어』, 『고전읽기』가 선택과목으로 설정되었다.

고전의 내용 체계는 고전의 가치, 고전의 탐구, 고전과 국어 활동, 고전에 대한 태도로 구조화하였다. 그리고 각각의 범주에 내용 성취 기준을 제시하였다. 2009개정 고전 영역의 내용 체계를 보이면 다음과 같다.

[표 2] 2009개정 고전 교육과정의 내용 체계

고전의 가치	•고전의 본질과 가치/•고전을 통한 교양 형성/ •고전에 바탕을 둔 국어 활동
고전의 탐구	•고전에 대한 수용과 평가/•고전의 재해석/•고전을 통한 세계 이해
고전과 국어 활동	•고전과 통합적 국어 활동/•고전을 통한 소통과 이해의 확장/ •국어에 관한 고전과 국어 문화
고전에 대한 태도	•고전의 지혜와 삶의 성찰/•고전 읽기의 태도

2009개정 고전 교육과정의 내용체계를 바탕으로 고전 교과서는 3종44)이 발간되었는데, 그 내용을 표로 보이면 다음과 같다.

[표 3] 2009개정 고전 교과서에 수록된 유학사상

구분	논어(論語)							맹자(孟子)			순자(荀子)
	학이 (學而)	위정 (爲政)	이인 (里仁)	술이 (述而)	안연 (顏淵)	위령공 (衛靈公)	계씨 (季氏)	공손추(상) 公孫丑(上)	고자(상) 告子(上)	고자(하) 告子(下)	영욕 (榮辱)
천재(김)	2	1	1	1	1	1	1	1			1
해냄(정)								1	4		
교학(한)		4	1					1	2	1	

---

44) 김종철 외, 『고등학교 고전』, 천재교육, 2014./ 정민 외, 『고등학교 고전』, 해냄에듀, 2014./ 한철우 외, 『고등학교 고전』, ㈜교학사, 2014.

[표 1]과 [표 3]을 바탕으로, 제2차 고전 교과서와 2009개정 고전 교과서와의 차이점을 살펴보면 다음과 같다. 첫째, 교과서에 수록된 고전 작품의 대상이 우리나라와 중국에서 세계의 고전으로 확대되었다. 제2차에서 수록된 고전 작품은 우리나라와 중국에 한정되었으나, 2009개정에서는 인문·사회·과학·예술·문학 등의 세계 고전 작품이 수록되었다. 둘째, 2009개정에 수록된 유학사상은 인간의 본성(仁義禮智)에 관한 것이 주된 내용이 되었다. 제2차는 효가 주요한 내용이었고, 인간의 본성에 관한 내용은 수록되지 않았다. 셋째, 유학사상이 수록되는 방식이 변화되었다. 제2차의 유학 내용은 언해와 원문을 동시에 수록하였다. 그런데 2009개정에서는 원문은 없고 모두 현대어로 된 번역문만 수록되었거나, 유학사상을 소재로 한 집필진의 창작한 글이 수록되었다. 넷째, 현대 사회의 시각에 따라 고전을 비판적으로 해석하고 가치를 재평가하는 활동이 강조되었다. 제2차는 언해나 원문을 바탕으로 국어의 역사적 변천이나 원문 속에 내재된 사상을 파악하는 활동이 중심이었다면, 2009개정에서는 원문을 현대어로 번역한 글을 통하여 자신의 삶을 성찰하는 활동 중심으로 변화되었다.

2) '지금-여기'에서 유학사상의 재평가와 적용

고전(古典)은 시대와 지역의 한계를 넘어서 인간의 경험이나 사유 또는 대상에 대한 본질적인 성찰과 깨달음이 담겨있다. 우리는 고전에 담긴 선현들의 말을 통해 자신의 삶을 돌아보고, 현재를 판단하며 미래를 설계할 수 있다.45)

---

45) 2009개정 고전 교육과정

2009개정 고전 교육과정에 따른 고전 교과서에 수록된 유학의 내용은 크게 사람의 본성, 孝, 겸손과 용기에 대한 내용으로 분류해 볼 수 있다.

맹자는 전국시대(戰國時代)의 혼란을 끝내고 새로운 시대를 여는 방법으로 왕도정치(王道政治)를 주장하였다. 왕도정치는 무력이나 강압과 같은 물리적 강제력으로 다스리지 않고, 도덕적 교화를 통해서 순리대로 정치를 하는 것을 말한다. 맹자가 왕도정치가 가능한 이유로 사람은 태어나면서부터 선한 마음을 갖고 있다는 성선설(性善說)을 내세웠다.

> 이런 일을 가상해 보자. 만약 어린아이가 아무것도 모른 채 우물로 기어가고 있어 빠질지도 모르는 위험한 상황에 놓이면 사람들은 어떤 반응을 보일까? 누구나 깜짝 놀라며 측은하게 여기는 마음이 들어 구해 주러 달려들 터이다. 일본에 유학을 간 이수현 씨가 지하철 선로에 떨어진 일본인을 구하려다 목숨을 잃은 일을 떠올리면 쉬이 이해가 갈 듯싶다. 이런 일이 왜 일어날까? 맹자는 "사람들은 누구나 차마 남의 고통을 외면하지 못하는 마음[불인인지심(不忍人之心)]을 가지고 있"어서라고 말했다.
> 차마 모른 척하지 않는 마음이란 따지고 보면 불쌍히 여기는 마음[**측은지심(惻隱之心)**]이다. 맹자는 이런 마음은 인간이라면 본디 타고나는 바라고 여겼다. 아무런 이익을 바라지 않고 어린아이를 구하려는 마음을 보면 알 수 있다. 맹자는 사람이 본디 타고난 마음으로, 옳지 못함을 부끄러워하고 착하지 못함을 싫어하는 마음[**수오지심(羞惡之心)**], 공경하는 마음[**사양지심(辭讓之心)**], 옳고 그름을 가릴 줄 아는 마음[**시비지심(是非之心)**]도 포함했다. 만약 이런 마음이 없다면 그것은 사람이 아니라 짐승일 따름이다.46)(밑줄은 필자)

위의 인용문은 『맹자』의 <공손추 上> 편에 나오는 말로, 제2차 고전 교과서에는 수록되지 않고 2009개정 고전 교과서 3종에 모두 인용된 장(章)이다. 맹자의 사단(四端)은 측은지심(惻隱之心), 수오지심(羞惡之心), 사양지심(辭讓之心), 시비지심(是非之心)을 가리키는데, 이는 각각 인의예지(仁義禮智)가 발동되는 실마리이다. 이러한 인의예지는 밖으로부터 나에게 주어진 것이 아니라 내가 본래부터 가지고 있는 것이다. 맹자는 사단을 사람의 사지에 비유하며, "이 사단을 가지고 있는데도 스스로 인의예지를 행할 수 없다고 말하는 자는 스스로를 해치는 자"[47]라고 말했다.

> 고자가 말했다. '인성은 단수(湍水)와 같다. 동쪽으로 터주면 동쪽으로 흐르고, 서쪽으로 터주면 서쪽으로 흐른다. 인성에 선불선(善不善)의 구분이 없는 것은 마치 물에 동서(東西)의 구분이 없는 것과 같다.'
> 맹자가 말했다. '물이 실로 동서의 구별이 없기는 하나 상하의 구별조차 없는 것인가? 인성이 선한 것은 물이 취하(就下)하는 것과 같다. 사람은 불선(不善)한 사람이 없고, 물은 '취하'하지 않는 것이 없다. 지금 물을 쳐서 튀어 오르게 하면 사람의 이마를 지나게 할 수 있고, 물을 막아 격하에 거슬러 올라가게 하면 산 위에 이르게 할 수도 있다. 그러나 이것이 물의 본성이겠는가? 밖으로부터의 세(勢)가 그렇게 만든 것이다. 사람이 불선을 하게 되는 것도 본성이 밖으로부터의 세에 의해 영향을 받았기 때문이

---

46) 이권우, 「인간의 본성을 말하다, "맹자"」, 『고등학교 고전』, 해냄에듀, 2014, 152쪽.
47) 한철우 외, 앞의 책, 31쪽.

다.'48)

위의 인용문은 『맹자』의 <고자 上> 편에 나오는 말로, 고자와 맹자가 본성에 대해 주고받은 말이다. 맹자의 성선설은 당대에 이미 논쟁을 불러일으켰다. 본성을 둘러싸고 논쟁했던 상대방은 고자였다. 인간의 본성이 선하지도 악하지도 않다는 고자의 말에, 맹자는 물이 아래로 흐르는 것과 같이 '이미' 선한 인간의 본성이 외부의 영향으로 불선할 수 있음을 말한다.

3. 앞의 1, 2를 바탕으로, 다음 활동을 해 보자.
   (1) 아래와 같은 일이 일어나는 이유를, 인간의 본성 및 후천적인 요인과 관련지어 말해 보자.
   (2) 올바른 삶을 살기 위해서 우리가 해야 할 일은 무엇인지 이야기를 나누어 보자.

4. 다음 글이 오늘날 우리 사회에서 가지는 의미를 생각해 보자.49)
   사람들이 문득 어린아이가 장차 우물 속으로 들어가려는 것을 보게 된다면 틀림없이 깜짝 놀라며 측은지심(惻隱之心)을 갖게 될 것이다.

필요한 이유:

위에 인용된 문제는 인간의 본성에 관한 맹자와 고자, 순자와 로크의 사상을 바탕으로 주어진 문제를 해결하는 활동이다. 3번의 (1)에

---

48) 한철우 외, 앞의 책, 32쪽.
49) 한철우 외, 앞의 책, 35쪽.

는 두 기사문[50]을 읽고 인간의 본성 및 후천적인 요인과 관련짓는 문제이고, (2)는 올바른 삶을 살기 위해서는 타인과 더불어 살아야 한다는 생각을 바탕으로 타인을 배려하고 소외된 사람과 사회적 약자들에게 관심을 가져야 한다고 의미를 확장하고 있다. 4번 활동은 사람이라면 누구나 가지고 있는 측은지심이, 오늘날 우리 사회에서 필요한 이유를 생각해 보는 활동이다.

> 자유(子游)가 효에 대해서 묻자 공자께서 말씀하셨다. "오늘날 효라고 하는 것은 물질적인 봉양만을 말하는데, 개화 말과 같은 동물들도 모두 사람이 길러 주고 있으니 공경하지 않는다면 무엇으로 구별하겠는가?"[51]

위의 인용문은 부모를 봉양할 때 지극히 공경하는 마음이 중요함을 강조한 내용이다. 교학사(한철우)는 『논어』의 <위정>에서 효와 관련된 다섯 개의 장(章)을 본문 내용으로 발췌 수록하였는데, 학생들에게 효 사상을 읽고 심화 활동으로 논술 과제가 주어졌다.

---

50) 학교 폭력, 청소년들 멍들게 한다-학교 폭력 또 일어나, 근본적인 대책 필요-학교 폭력이 또 발생했다. ○○○ 등은 지난 12일, 자신들의 흉을 봤다는 이유로 같은 반 친구인 △△△을 학교 근처 골 / 소외된 이웃 위해 선행 펼치는 청소년 화제-○○고 이준 학생, 다양한 봉사 활동 펼쳐 주위에 귀감-○○고등학교에 재학 중인 이준(17세) 학생의 남다른 봉사 활동이 새해를 맞아 지역에 훈훈한 감동을 주고 있다. 이 군은 장애인 시설이나 노인 병원 등을 찾아다니며 봉사활동에 최선을 다해 주위로부터 칭송이 자자하다. 최근에는 다문화 가정 아동들을 직접 찾아가 공부를 도와주며, 지구촌…(정민 외, 앞의 책, 156-157쪽.)
51) 한철우 외, 앞의 책, 29쪽.

아래의 글을 읽고, 주어진 조건에 맞게 나의 생각을 논술하여 보자.52)

㉮하루는 심청이 소문을 들으니, 남경 장사 선인들이 십오 세 처녀를 사려 한다고 하였다. …(중략)…심청이 부친을 붙들고 울며 위로하였다. "아버지, 하릴없습니다. 저는 이미 죽거니와 아버지는 눈을 떠서 환하게 밝은 세상 보고, 착한 사람을 구하여서 아들 낳고 딸을 낳아 대를 잇고, 불초녀를 생각하지 마옵시고, 오래오래 평안하십시오. 이것도 또한 하늘이 정한 운명이니 후회한들 어찌하오리까."

- 작자 미상, "심청전" 중에서

㉯간경화로 생명이 위독한 가장을 위해 어린 딸과 아내가 간과 신장을 동시에 기증한 사연이 뒤늦게 알려졌다.…(중략)…청천벽력 같은 소식 앞에 망연자실해 있던 부모 앞에 먼저 간 이식 이야기를 꺼낸 것은 당시 고3 진학을 앞두고 있던 외동딸 박 양이었다.…(중략)…신장과 간을 동시에 이식받은 박 씨는 수차례나 생사의 고비를 넘겼지만, 치근 들어서는 상태가 호전돼 일반 병실에서 치료를 받고 있다고 한다.

- ○○뉴스, 2010.3.16.

㉰보건복지부의 추산으로는 현재 치매 노인은 53만 명이다.…(중략)…치매 치료비 및 간병비 부담도 크지만, 가족은 장기간 계속되는 간병으로 인한 피로와 정상적인 사회생활 포기, 치매 환자의 폭언과 이상 행동에 의한 가정 파괴, 치매 노인의 자살 등으로 심각한 사회 문제에 봉착하고 있다.…(중략)…이 때문에 치매 환자 보호자들은 우울증, 불면증, 폭력적 성향 등으로 정신적 상처를 깊게 입기도 한다.

- ○○일보, 2012.12.30.

---

52) 한철우 외, 앞의 책, 82-83쪽.

1. 『논어』에서 말한 효를 바탕으로 하여 ㉮의 '심청이'와 ㉯의 '박
   양'이 한 행동을 평가해 보자.
2. '1'의 활동을 바탕으로 하여 ㉰의 글을 읽어 보자. 그리고 현대
   적 관점에서 올바른 효란 무엇인지 조건에 맞게 논술해 보자.

　산업화 이전의 동아시아 윤리학의 중심 개념은 인과 효이다. 인에
뿌리를 둔 효의 실천성을 강조하는 것은 고전 문헌 전반에 깔려있
다.53) 그런데 『논어』에서 말한 효의 내용을 현대 사회에서도 실천할
수 있는가는 별개의 문제로 보인다. 다시 말해서 『논어』의 효는 이미
낡은 덕목으로 현대 사회에 적용하기란 적절하지 않을 수도 있다는
얘기다. 『논어』에서 가르치는 효와 현대인이 생각하는 효와의 거리
는 더 이상 좁혀질 수 없는 거리감이 느껴지기 때문이다.

　위의 논술 활동은 이러한 문제에 대해 생각해 보도록 구성된 문제
이다. '심청이'와 '박 양'의 행동을 평가해 보고, 현대적 관점에서 올
바른 효 사상을 재해석하는 활동이다.

　『순자』에 관한 내용은 2009개정 고전 교과서에 새롭게 수록되었
다. 교과서에 인용된 내용을 살펴보면 다음과 같다.

　　인간에게 있어서 교만한 태도는 불행을 자초하는 것이요, 반대로
　　겸손하고 검소한 태도는 창, 칼, 화살 등과 같은 무서운 병기(兵器)
　　라도 물리칠 수 있는 큰 힘이 되는 것이다.…(중략)…그러므로
　　사람은 모름지기 겸손하고 검소해야 할 것이니, 그렇지 아니할
　　때에는 세상이 아무리 크고 넓다 해도 마음 놓고 발 디딜 땅이

---

53) 이은봉, 『중국 고대사상의 원형을 찾아서』, 소나무, 2003, 145-146쪽.

없게 된다. 그 너른 땅에 발 디딜 곳이 없는 것은 땅 자체가 무르거
나 기울거나 하여 불안전하기 때문이 아니다. 발을 제겨디디는
것조차 허용이 안 되리만큼 몸 둘 곳이 없게 된 원인은 바로 말,
곧 남에게 깊은 상처를 주는 나쁜 말 때문인 것이다.…(중략)…세
상에는 **개돼지의 용기**와 같은 것이 있고, **장사치와 도둑의 용기**라는
게 있으며, **소인(小人)의 용기**, **군자(君子)의 용기** 등 네 가지의 용기
를 볼 수 있다.…(중략)…다음, 죽음을 대수롭게 여기지 아니하고
난폭한 짓을 함부로 행하는 것, 이것이 곧 소인의 용기요, 오직
도의(道義)에 살며 도의를 위하여는 권세에도 굽히지 아니하고
이익마저 돌아보는 일이 없으며, 세상 사람이 다 흔들려도 자신만
은 끝내 마음 흔들림이 없으며, 죽음을 가벼이 여기지 아니함과
동시에 도의를 굳게 지켜 도의에 죽는, 이것을 곧 군자의 용기라
한다.54)(밑줄은 필자)

　인용된 글은 『순자』의 <영욕>에 나오는 말로, 사람은 교만해서는
안 되고, 언제나 공경스럽고 검약하는 몸가짐을 지녀야 한다는 것이
다. 그래야 자신에게 치욕스런 일이 닥치지 않기 때문이다. 그리고
네 가지의 용기로 개돼지의 용기, 장사치와 도둑용기, 소인의 용기,
군자의 용기에 대해 설명하고 있다.

　　(3) 다음은 학교 문제를 다룬 소설의 줄거리 일부이다. 이에 대해
　　　순자의 겸손과 진정한 용기의 관점에서 석대에게 필요한 태
　　　도와 병태에게 필요한 용기가 무엇인지 생각해 보자.55)

---

54) 김종철 외, 앞의 책, 144-145쪽.
55) 김종철 외, 앞의 책, 149쪽.

서울에서 전학 온 병태는 반장 엄석대에게 대항하다가 집단 따돌림을 당하게 된다. 어느 날 우연히 병태는 학급 우등생들이 석대 대신 시험 답안지를 작성해 주는 사실을 알게 되고, 병태는 석대의 비리를 고발할 것인가에 대해 고민하다가 결국 포기하고 만다.
              - 이문열, 『우리들의 일그러진 영웅』의 줄거리 일부

위의 인용된 문제는 본문 내용인 순자의 겸손과 네 가지 용기를 학습한 다음에 학생들이 해결해야 할 학습활동이다. 학습활동 문제는 소설 작품의 일부 내용을 발췌하여 유학의 사상을 적용해 보는 활동이다. 오늘날 학교에서의 집단 따돌림은 심각한 문제로 인식되고 있고, 시험 답안지를 대신 작성해 주는 일도 학교 현장에서 얼마든지 일어날 수 있다. 이러한 상황을 학생들에게 제시하여 소설의 등장인물인 석대와 병태에게 필요한 덕목이 무엇인지 생각하게 하고, 이러한 활동을 통해 학생들에게 순자의 겸손과 진정한 용기를 내면화시키고 있다.

고전은 하나의 고정된 틀을 갖고서 시대의 변천과 무관하게, 그지위가 영구적으로 유지되지 않는다. 오늘날 유학의 사상이 고전으로 간주되려면 '지금-여기'에서 우리들의 해석이 개입되어야 한다. 당대를 살아가는 사람들의 해석 과정을 통해서 그 시대의 고전이 새롭게 조각된다.

글을 마치며

지금까지 국어과 교육에서 우리의 전통 사상으로 계승된 유학사상의 수록 변천과 교육적 함의를 살펴봤다. 국어과 교육에서 유학사상은 단절과 계승의 부침을 겪었는데, 제3차 국어과 교육과정이 공포된 이래로 약 36년의 시간이 지난 2009개정 국어과 교육과정에서 다시 수록되었다. 제3차 교육과정부터 유학사상이 국어 교과에 수록되지 않았는데, 그 이유로 한문 교과의 성립과 한국적인 민족문화의 지향, 그리고 대외적인 유학사상의 동향과 우리나라의 산업화 과정을 원인으로 꼽았다.

그리고 2009개정 고전 교과서와 제2차 고전 교과서에 수록된 유학 사상의 차이점은 첫째, 유학의 좌표가 동아시아에서 세계 속의 고전으로 변화되었다. 둘째, 제2차에서 '효(孝)' 사상이 강조되었는데, 2009개정에서는 '인간의 본성'(仁義禮智)이 주요한 내용이었다. 셋째, 제2차에서 존재의 도덕적 자기 수양이, 2009개정에서는 유학사상을 재해석하거나 평가하여 자신의 삶에 적용하는 활동 중심으로 변화되었다.

2009개정 국어과 교육과정에 유학사상이 다시 수록된 원인으로 현대인들의 생활상과 무관해 보이지 않는다. 경제 성장을 제1의 목표로 질주하던 산업화 과정에서 전통으로 계승되던 여러 가치가 외면되었다. 그 결과 지금의 우리 사회에서 남녀노소를 가리지 않고 일어나는 반인륜적인 사건이 사회 문제로 대두된 지 오래 되었다. 이 시점에서 반인륜적인 사회 문제를 해결할 인간성의 회복은 제도권 교육에서 시급히 해결해야 할 당면 과제로 보인다. 유학에 담겨있는 사상은 우리 사회에서 일어나고 있는 여러 사회 문제를 해결할 수 있는 핵심적인 가치체계로 생각된다. 다시 말해서 유학이 현대인들에게 정신적, 철학적 반성 능력을 기를 수 있는 사상으로 한 축을 담당할 수 있다는 것을 의미한다. 이러한 측면에서 유학의 현대화가 필요한데, 본고에서는 그 구체적인 방안에 대해서는 제시하지 못했다. 다만 앞에서 살펴본 2009개정 고전 교과서에서 그 실마리를 찾을 수 있었는데, 유학사상을 재해석하거나 평가하여 '지금-여기'에 적용하는 작업이 그것이다.

참고문헌

권미자(글)·권영묵(그림), 『어둠 속에서도 빛나는 명필, 한석봉』, 한국헤
            밍웨이, 2006.
권오돈 역해, 『예기』, 홍신문화사, 1993.
김소월, 『진달래꽃』, 덕우출판사, 1990.
김성원 역저, 『논어신강의』, 명문당, 1993.
김수영, 『김수영 전집1-시』, 민음사, 2008.
김용옥, 『도올 논어1, 2, 3』, 통나무, 2001.
김우형·이창일 지음, 『새로운 유학을 꿈꾸다』, 살림, 2006.
김윤경, 『고전』, 문호사, 1968.
김종철 외 4인, 『고등학교 고전』, 천재교육, 2014.
김학주 역, 『순자』, 을유문화사, 2002.
동양고전연구회 역주, 『대학』, 민음사, 2016.
문교부, 『고등국어Ⅲ』, 대학교과서주식회사, 단기 4292.
문교부, 『국어Ⅲ』, 대한교과서주식회사, 1968.
민영 외 2인, 『한국현대 대표시선Ⅰ』, 창작과비평사, 2000.
박성규 역주, 『논어집주』, 소나무, 2011.
박완식 편저, 『중용』, 여강, 2006.
성동호 역해, 『효경』, 홍신문화사, 1993.
성백효 역, 『소학집주』, 전통문화연구회, 2004.

성백효 역, 『대학·중용집주』, 전통문화연구회, 2005.

성백효 역, 『논어집주』, 전통문화연구회, 2005.

성백효 역, 『맹자집주』, 전통문화연구회, 2008.

신동준, 『공자의 군자학』, 인간사랑, 2006.

우봉규, 『달마와 그 제자들』, 살림, 2008.

유안진, 『둥근 세모꼴』, 서정문학, 2011.

윤동주, 『하늘과바람과별과시』, 책과인쇄박물관, 2018.

윤재근, 『맹자 I, II』, 동학사, 2009.

이노미, 『손짓, 그 상식을 뒤엎는 이야기』, 바이북스, 2009.

이민홍, 『논어강의』, 문자향, 2005.

이숭녕·남광수, 『고전』, 동아출판사, 1975.

이용주·구인환, 『고전』, 법문사, 1968.

이은봉, 『중국 고대사상의 원형을 찾아서』, 소나무, 2003.

이재수·서수생, 『고전』, 일한도서출판사, 1967.

임헌도, 『모범고전』, 영지문화사, 196*.

정출헌, 「소학을 통해 읽는 유교문명의 완성과 해체」, 『율곡학연구』 33, 율곡학회, 2016.

정호승, 『눈물이 나면 기차를 타라』, 창작과비평사, 1999.

최진덕, 『인문학, 철학, 그리고 유학』, 청계, 2004.

최창헌, 「교수요목기의 민족문화 형성과 발전-국정중등 국어교과서에 수록된 작품을 중심으로」, 『한민족문화연구』 53, 한민족문화학회, 2016.

최창헌, 「국어 교과에서 한문고전의 수록 변천과 교육적 함의」, 『한문고전연구』35, 한국한문고전학회, 2017.

최창헌, 『고등학교 문학교육의 형성과 흐름-교수요목에서 제7차 교육과정까지의 문학 영역 및 문학 과목의 내용 변모를 중심으로』, 역락, 2018.

한철우 외 4인, 『고등학교 고전』, 교학사, 2014.

노자 원전·오강남 풀이, 『도덕경』, 현암사, 2004.

뚜웨이밍 지음·정용환 옮김, 『뚜웨이밍의 유학 강의』, 청계, 1999.

뚜웨이밍 지음·김태성 옮김, 『문명들의 대화』, 휴머니스트, 2006.

맹자 지음·김원중 옮김, 『맹자』, 휴머니스트, 2022.

사마천 지음·김원중 옮김, 『사기열전1』, 민음사, 2008.

유아사 야스오 지음·이정배, 이한영 옮김, 『몸과 우주-동양과 서양』, 지식
　　　산업사, 2004.

위잉스 지음·김병환 옮김, 『동양적 가치의 재발견』, 동아시아, 2007.

자크 랑시에르 지음·양창렬 옮김, 『무지한 스승』, 궁리, 2009,

한스 게오르크 가다머·손승남 옮김, 『교육은 자기 교육이다』, 동문선,
　　　2004.

NCIC국가교육과정정보센터(http://ncic.go.kr/)

지은이 소개

최창헌

강원특별자치도 횡성군 둔내 출생. 교육학 박사. 둔내고등학교를 졸업하고 강원대학교 사범대학 국어교육과와 동(同)대학원에서 국어교육학을 전공했다. 저서로는 『고등학교 문학교육의 형성과 흐름』(역락, 2017. 2018세종도서 학술부문에 선정), 『김유정과 동시대문학연구』(소명출판, 2013. 공저), 『국어교육의 탐구』(역락, 2012. 공저), 『국어국문학의 탐구』(역락, 2010. 공저) 등이 있다. 그리고 몇 편의 연구 논문을 썼다.

현재 상지대학교 FIND칼리지학부에서 조교수로 재직하고 있다. 앞으로 글쓰기 계획은 다양한 영역에서 보이는 교육의 양상을 에세이 형식(교육에세이)으로 써서 엮어볼 생각이다. 그 첫 번째 작업의 결과가 사서(四書)의 내용을 교육의 관점에서 쓴 『유학(儒學)에서 교육을 읽다』이다.

유학儒學에서 교육을 읽다

초판 인쇄 2023년 12월 8일
초판 발행 2023년 12월 16일

지 은 이 | 최창헌
펴 낸 이 | 하운근
펴 낸 곳 | 學古房

주   소 | 경기도 고양시 덕양구 통일로 140 삼송테크노밸리 A동 B224
전   화 | (02)353-9908 편집부(02)356-9903
팩   스 | (02)6959-8234
홈페이지 | http://hakgobang.co.kr/
전자우편 | hakgobang@naver.com, hakgobang@chol.com
등록번호 | 제311-1994-000001호

ISBN 979-11-6586-470-9 93820

값 : 15,000원

■ 파본은 교환해 드립니다.